कॉरपोरेट कबूतर

(कहानी-संग्रह)

कॉरपोरेट कबूतर

शान

हिन्द युग्म
hindyugm.com
BLUE

ISBN : 978-93-84419-87-5

प्रकाशक:
हिंद युग्म ब्लू
सी-31, सेक्टर-20, नोएडा (उ.प्र.)-201301
फ़ोन- +91-120-4374046

मुद्रक : मनीपाल टेक्नोलॉजीज लिमिटेड
आवरण-चित्र : मुकुंद नारायण
कला-निर्देशन : विजेन्द्र एस विज

पहला संस्करण : 2017
दूसरा संस्करण : 2023
मूल्य : ₹199

Corporate Kabootar
A collection of short stories by *Shan*

Published By
Hind Yugm Blue
C-31, Sector-20, Noida (UP)-201301
Phone- +91-120-4374046
Email : sampadak@hindyugm.com
Website : www.hindyugm.com

First Edition: 2017
Second Edition: 2023
Price: ₹199

शेज़ू के लिए...

बात नज़्म से शुरू हुई थी

...बात नज़्म से ही शुरू हुई थी मगर, चलते-चलते क़िस्से मिले भी, बने भी। कॉरपोरेट कबूतर ऐसे ही क़िस्सों का जमावड़ा है। इस किताब में कहानियाँ ज़्यादा बड़ी-बड़ी नहीं हैं, बल्कि छोटी-छोटी हैं। चाय के कप जितनी। उम्मीद है चाय की मंडली में लोग सुनने-सुनाने को ज़रूर पसंद करेंगे। इन कहानियों का ज़ायका भी भुरभुरी बिस्किट जैसा बिलकुल नहीं है, कि खाया और ख़त्म, बल्कि कुछ-कुछ सिगरेट जैसा है, कहानियाँ अंदर फेफड़ों तक जाती हैं, और पीने के बाद दो-पाँच मिनट तक किक तो दे ही देती हैं। हाँ, सिगरेट स्वास्थ्य के लिए हानिकारक है, तो चाय लेते वक़्त आप सिगरेट की जगह कहानियों का कश लगा सकते हैं।

कॉरपोरेट कबूतर किताब को लिखने में हौसलाअफ़ज़ाई के लिए दिव्य प्रकाश दुबे जी का दिल से शुक्रिया।

-शान

कहानी-क्रम

आबारा-का-डाबरा सोफ़ा

चाचा की रोटी कौन से शहर से आती है, उसे क्या पता।

मुंबई से ज़रूर नफ़रत करती होगी। 'चाचा को ज़बरन कैद कर रखा है शहर ने' सोचती होगी वो।

मेरी भतीजी की चौथी सालगिरह थी और मैं मुंबई से दिल्ली उसके पास जा नहीं पाया। अगस्त में। अक्टूबर में जब दिल्ली गया, तो शेज़ू मुँह फुलाए बैठी थी। दो घंटे लग गए उसको मनाने में। ज़रा-सी बात में ख़ुश तो हो जाती है वो। बस वो ज़रा-सी बात इतनी आसानी से नहीं मिलती। हर बार अलग-अलग चीज़ों में मिलती थी, ज़रा-सी बात।

एक बार दो रुपए की एक टॉफ़ी में जो बात बन गई वो अगली बार दो हज़ार की साइकिल में भी नहीं बनी।

इस बार बात बनी भइया-भाभी के घर पर रखे पुराने सोफ़े से। जगह-जगह से फूला सोफ़ा था वो। मानो खाते-पीते घर से ताल्लुक़ रखता हो। हड्डियों का एक भी ढाँचा नज़र नहीं आता। कॉलर बोन पर भी फुट-फुट भर के चर्बी चढ़ी थी। दाएँ-बाएँ से बिलकुल बराबर-बराबर मोटापा चढ़ा था। सीट पर कूद-कूद कर मेरी भतीजी ने उसे कुंड बना दिया था। चाय के कप को हाथ में लिए सोफ़े पर बैठने में डर भी लगता था। कब इस डेंजर जोन पर शेज़ू नाम की धूमकेतु आ कूदे।

सोफ़े के पीठ और सीट के बीच में जगह-जगह गुप्त पॉकेट्स बन गए थे। बैठने पर या दबाव डालने पर ये पॉकेट्स सामने आ जाते और दबाव

हटाते ही ग़ायब हो जाते। घर की छोटी मोटी चीज़ें, जैसे सिक्के, चाबियाँ, छोटे खिलौने वग़ैरह बड़ी आसानी से इसमें छुप जातीं।

सो.फ़े पर बैठकर मैं इन छोटी-छोटी चीज़ों को किसी जादूगर की तरह ग़ायब करता, उस दिन, फिर 'आबारा-का-डाबरा' बोल के वापस ले आता। मेरी भतीजी खिलखिलाकर हँस पड़ती। मुझे जादूगर ही समझ रही थी वो।

सो.फ़े को ये बात बुरी भी लगी हो शायद। उसके हिस्से का खेल मैं खेल रहा था। मेरी ग़ैरहाज़िरी में शेज़ू का सबसे अच्छा दोस्त सो.फ़ा ही तो था। दिनभर अपने नर्म-नर्म हाथों से आटे की तरह गूँध देती थी उसको।

मैं सो.फ़ा होता, तो बुरा बहुत लगता मुझे आज इस चाचे पर।

दो दिन बाद मैं वापस मुंबई लौट गया। सो.फ़े को ख़ुशी हुई होगी।

उस शाम भाभी ने बताया, शेज़ू सो.फ़े पर बैठी बार-बार आबरा-का-डाबरा कर रही थी। चाचा को सो.फ़े से निकालने की कोशिश कर रही थी।

मैं भी इस शहर के एक छोटे-से पॉकेट में गुम हो गया था। वो सो.फ़ा बड़ा हो गया था। बहुत बड़ा। किसी शहर मुंबई की तरह।

रोमांस

ऑफ़िस के एक कोने में भंडारी जी किताब पढ़ते हुए अक्सर दिख जाते थे। बहुत ख़ामोश कोना था वो। किसी को पता ही नहीं चलता था, वे ऑफ़िस में हैं भी या नहीं। और ऐसे ही उन्होंने 15 साल काट दिए थे इस कंपनी में। उनके आसपास की डेस्क-चेयर और उन्हें इस्तेमाल करने वाले लोग बदलते रहे, साल-दर-साल। भंडारी जी टिके रहे, ख़ामोशी से काम करते हुए और फ़ुरसत में चुपचाप किताब पढ़ते हुए।

"सती के बाद, शिव अपनी तीनों आँखें बंद कर तपस्या में लीन हो गए थे। कितनी वेदना छिपी थी, कंठ में, हृदय में। नील दिखता था कहीं, कहीं बिल्कुल नहीं। और क्या ही त्यागते महेश, एक प्रेयसी थी। अब चेतना में बसी थी बस।"

भंडारी जी ज़्यादातर धार्मिक किताबें ही पढ़ते थे। आजकल शिव-सती-पार्वती की कथा पढ़ रहे थे। बहुत स्थिर बुद्धि के थे भंडारी जी। मन स्थिर तभी रहता है जब एक सहारा मिल जाए मन को। किताबों ने बड़ा साथ दिया था भंडारी जी का पिछले 15 सालों से, और शायद उससे भी पहले से।

ऑफ़िस का हर कोना शांत नहीं होता। काफ़ी कोने ऐसे होते हैं, जहाँ हर साल नए लड़के-लड़कियों के चेहरे नज़र आते हैं। माहौल बनता है ऐसे कोनों में, कभी-कभी गाने बजते हैं। अलग-अलग मूड के, अलग-अलग वक़्त पर। चहल-पहल भी बनी रहती है लोगों की, और जज़्बात की। ऐसी जगहों को हम ऑफ़िस की चौपाल कहते हैं। पर एक स्टार के बिना ये चौपालें

अधूरी होती हैं, ऐसा स्टार जिसके पास दुनियाभर का ज्ञान होता है, ख़ासकर लव, सेक्स और रोमांस का। यह स्टार एक कंसल्टेंट की तरह लोगों के प्रेम-रोग और मानसिक-गुप्त-रोग दूर करता है। और फिर उन्हीं पर मसाला छिड़ककर, तड़का मारकर, कहानियाँ मंडली में परोसता है। ऐसे स्टार लोगों के साथ इक्का-दुक्का सेमी-स्टार इनके अहंभाव को सहलाते रहते हैं, जिनसे इनका आत्मबल बना रहता है।

राजीव इस ऑफ़िस का स्टार था और अज्जू व मोंटी सेमी-स्टार। इंटर्नशिप करने वाले लड़के सबसे बेहतर सेमी-स्टार बनते हैं।

स्टारों को ज़ेहनी सुकून तो लोगों की मदद करने से ही मिलता है। ये ऐसे बेचारों की ताक में बैठे रहते हैं, जिनका दिल दुखा हो। या फिर ऐसे लोगों को तलाशते हैं, जिनको ये अपना सर्व ज्ञान सिद्ध कर पाएँ। गिद्ध-सी नज़र होती है इनकी ऑफ़िस के हालात पर और लोगों के जज़्बात पर। राजीव की नज़र सिड पर टिकी रहती थी उन दिनों।

सिड, ऑफ़िस में सबसे सच्चा, सबसे अच्छा और सबसे हैंडसम। ऑफ़िस की कितनी ही अप्सराएँ फ़िदा थीं उस पर, और वह मनीषा पर। सिड की बग़ल वाली सीट पर बैठा करती थी। पिछले महीने मनीषा ऑफ़िस छोड़कर न्यूयॉर्क चली गई थी, हमेशा के लिए, अपने पिताजी के पास। और सिड... सबसे विमुख अपने क्यूबिकल के कोप-भवन में चला गया था।

ये कॉरपोरेट की ही दुनिया तो थी, सात जन्मों का नाता थोड़े ही था। भंडारी जी जैसे लोग ऐसे में बिल्कुल सही रहते हैं। कॉरपोरेट कल्चर के पूरे अभ्यस्त। न लगाव, न झुकाव। ऐसे लोग मस्त रहते हैं और अपनी किताब पढ़ते रहते हैं।

"सत्यम्, शिवम्, सुंदरम्!

शिव ध्यान में भी बेचैन थे। वैराग में भी अनुराग था। एक जुड़ाव था सती से, जिसे पार्वती के रूप में आना ही था।

कुछ देवगण चिंतित भी थे, ताड़कासुर की करतूतों से। कार्तिकेय कब आएँ और कब संहार करें!

फिर ऐसे में तो कामदेव से उनका अनुबंधन स्वाभाविक ही था।"

"जानते हो बे अज्जू, सिड को वापस चौपाल पर लाने का क्या उपाय है?" राजीव ने ज्ञान दर्शन के पन्ने खोलने शुरू किए।

"रोमांस!"

इस एक शब्द से चौपाल के कितने ही लोगों का ध्यान खींच लिया था राजीव ने। और अज्जू, मोंटी तो भक्तों की तरह आशाभरी निगाहों से अगले प्रवचन की प्रतीक्षा भी करने लगे।

और बात सिड की थी तो ऑफ़िस की कन्याओं का भी ध्यान राजीव की बातों पर गया। और उनके कान गड़ गए।

राजीव ने बात जारी रखी,

"हाँ भाई रोमांस! जब से मनीषा गई है, बेचारा सिड मुरझाया-मुरझाया सा रहने लगा है। पर तुम लोग टेंशन न लो, मैं कुछ चक्कर चलाता हूँ।"

"चक्कर और रोमांस! वो भी एक साथ! वाह!" मोंटी ने सोचा। जब सोच मात्र में ही इतना आनंद था, तो कथा के नाट्य अवलोकन में कितना आनंद होगा। इंटर्नशिप सफल हो जाएगी!

अज्जू ने भी अपने पूज्य गुरुदेव राजीव की तरफ़ देखा और भक्ति-भाव में बड़ी मासूमियत से पूछा, "कैसे सर?"

बस इसी सवाल के इंतज़ार में तो था राजीव। अब ज्ञान का पिटारा खोलने से कौन रोक सकता था!

"सिड को तो सिड की तरह की लड़की ही पसंद आएगी। सबसे पहला काम है ऐसी लड़की को ढूँढ़ना, जिसे सिड पसंद हो और जो सिड के टाइप की भी हो।"

"फिर अपने एक्सपीरियंस को यूज़ करके मुझे माहौल बनाना पड़ेगा, जिससे दोनों क़रीब आएँ। कहानी ऑफ़िस से शुरू होनी चाहिए। कॉफ़ी, डिनर से होते हुए बेडरूम में ख़त्म होनी चाहिए।"

"अरे सिड भाई है अपना, भाई! इतने लोगों की गोटी सेट की है। इसका काम तो बनता है यार!" राजीव ने अपनी पीठ थपथपाई।

ऑफ़िस की चौपालों से हटकर, अप्सराओं से थोड़ी दूर, दूसरे कोनों में कुछ सुंदर, सुशील और आत्मविश्वासी क़िस्म की लड़कियों के खेमे होते हैं। ऐसी लड़कियाँ ज़्यादातर किसी ग्रुप में नहीं मिलती। अकेले या ज़्यादा से

ज़्यादा अपनी ख़ास सहेली के साथ ही पाई जाती हैं। हालाँकि, ऑफिशियली इनकी बातें सबसे होती हैं, पर सिर्फ़ ऑफ़िस के कामभर। कुछ ख़ास अदा से संजोकर रखती हैं ये अपने क़िरदार को कि कुछ 'और बात' करने का मौक़ा ही नहीं मिलता है लोगों को। राजीव को लगा, ऐसी ही थी शायद सिड की 'टाइप'।

सपना भंडारी जी के साथ वाली सीट में बैठती थी। दो ही चीज़ों में दिल लगा हुआ था बेचारी का, ऑफ़िस के काम में और सिड में। ऑफ़िस का काम परफेक्ट रहता था, कई बार रिवाड्र्स एंड रिकग्निशन मिला, तो लोग भी जानते-मानते थे इस बात को। पर सिड वाली बात कोई नहीं जानता था। शायद भंडारी जी को शक हुआ था कभी, पर भंडारी जी ठहरे भंडारी जी, किताब उठाते और फिर पढ़ने में लग जाते,

"पार्वती की पवित्रता में तो बँधना ही था शिव को, कामदेव तो बस बहाना मात्र थे और ताड़कासुर, ईश की माया!"

मनीषा के जाने के बाद, सपना के अरमान हरे हो गए थे। एक उम्मीद-सी जगी थी उसके दिल में। पर इतनी शर्मीली लड़की कैसे ख़ुद बढ़कर बात करती सिड से। और किस पर ही भरोसा करती ऑफ़िस में, भंडारी जी के अलावा। भंडारी जी को ऑफ़िस का तजुर्बा था, वो बख़ूबी जानते थे कि कौन वाला काम, कौन कर सकता था।

लंच के बाद अकेले में भंडारी जी ने राजीव का आह्वान किया। प्रॉब्लम स्टेटमेंट का ब्रीफ़ दिया और अपनी किताब उठा ली। राजीव की तो मुराद पूरी हो गई हो जैसे। उसने भंडारी जी को सादर 'जी' कहा और चला गया प्लान बनाने। चौपाल के स्टार से सुपर-स्टार बनने का प्लान। अब उसे बस सिड और सपना का मिलन करवाना था। वही, कॉफ़ी, डिनर से होते हुए बेडरूम में ख़त्म होने वाला मिलन। जिसे चौपाल में बड़े चाव से 'रोमांटिक-सेटिंग' (Romantic-Setting) कहा जाता था।

"हैलो सपना, मेरा नाम राजीव है। मैं मार्केटिंग टीम में हूँ। यहाँ, सामने ही बैठते हैं हम लोग," राजीव ने सपना के पास जाकर उससे कहा।

"हैलो। हम्म्म, मैंने देखा है आप लोगों को।"

"हमारी टीम आज शाम को ऑफ़िस के कैंटीन में एक छोटी-सी टी-

पार्टी कर रही है। क्यों न आप और आपकी टीम भी हमें जॉइन करें?''

''वो... मैं...''

''एक ही फ़्लोर पर बैठते हैं मार्केटिंग और ऑपरेशंस वाले लोग। कितने एंटी-सोशल हैं हम लोग। यू नो वॉट आई मीन... आज तक सबसे ठीक से बात भी नहीं हुई। मैं, निशा, वैभव, अरुण, नीहारिका, सिड सब होंगे आज की टी-पार्टी में। आप लोग भी आइए न प्लीज़।''

''हम्म। ठीक है!'' सपना ने मुस्कराकर जवाब दिया।

उस शाम टी-पार्टी थोड़ी लंबी चली। बातें फ़ेसबुक तक पहुँच गईं। फ्रेंड रिक्वेस्ट भेजे और एक्सेप्ट किए जाने लगे। सपना ने भी सिड को ऐड कर लिया था। फिर बातों-बातों में राजीव ने सिड के बर्थडे सेलिब्रेशन का एलान कर दिया। अगले सप्ताह सिड का बर्थडे जो था। सिड और सिड के बर्थडे की चर्चा छाई रही टी-पार्टी में उस शाम। राजीव ने बड़ी चालाकी से किसी और टॉपिक को पनपने ही नहीं दिया था।

और सिड ख़ामोश रहा ज़्यादातर, सपना की तरह। बस थोड़ा-थोड़ा मुस्कराते रहे दोनों लोगों की बातों पर।

रातभर सपना सिड के फ़ेसबुक वॉल को पढ़ती रही। सिड के फ्रेंड्स, कॉमन फ्रेंड्स, फ़ोटो एल्बम, कमेंट्स, लाइक्स सबके बारे में गहन अध्ययन किया उसने। कई सारे पोस्ट्स लाइक किए गए। और आख़िर में सोने से पहले, टी-पार्टी की एक तस्वीर के साथ सबको टैग करते हुए एक सेंटी-सा कमेंट पोस्ट किया सपना ने। राजीव ने उस पोस्ट पर फ़ौरन कमेंट किया। कई दोस्तों ने लाइक और शेयर किया। रात में ही।

पर अगली सुबह तक भी सिड का लाइक नहीं था उस पर।

उस दिन के बाद से जब कभी भी राजीव अपने डेस्क से उठता चाय पीने के लिए, सिड को ज़रूर साथ ले लेता। और सपना को पहले से ही व्हॉटसएप करके पूछ लेता। तीनों साथ चाय-कॉफ़ी पीने लगे। सपना और सिड में एक-दो बातें भी शुरू हो गई थीं। दोस्ती की नींव पड़ने लगी थी।

राजीव ने सिड के बर्थडे का पूरा प्लान बनाया। केक सिलेक्शन सपना से ही करवाया उसने। सेलिब्रेशन के ख़र्चे के लिए अज्जू-मोंटी को सबकी डेस्क पर भेजकर चंदा भी इकट्ठा करवाया गया। ऑफ़िस के लोगों को

सेलिब्रेशन की जानकारी वग़ैरह कम्युनिकेट करने के लिए इस बार सपना का ईमेल-आईडी इस्तेमाल किया उसने। सपना के ही फ़ोन से SMS भी भेजे गए। धीरे-धीरे माहौल बन रहा था सपना और सिड के कनेक्शन का।

सबसे नज़रें बचाकर राजीव ने सपना के फ़ोन से एक छोटा-सा पर्सनल मैसेज भी भेज दिया था सिड को। 'आई लाइक यू'।

कॉरपोरेट वर्ल्ड में 'लाइक' शब्द अपने आप में एक अनंत समंदर है। इसे अनगिनत मतलबों के साथ, भिन्न-भिन्न जगहों पर इस्तेमाल किया जाता है। 'आई लाइक यू' का 'लाइक' ज़रूरत के हिसाब से बड़ा छोटा होता रहता है। अगर मामला सही बैठा तो 'लव', 'लाइक' का सब-सेट बन जाता है, वरना 'लाइक', 'लव' का। आसान शब्दों में कहा जाए तो 'आई लाइक यू', 'आई लव यू' से सेफ़ है। पर लगभग उतना ही इफ़ेक्टिव है।

सिड को भी भनक तो लग ही रही थी इस बात की, पर उसने न कुछ किया, न कुछ कहा। भंडारी जी ने भी बैठे-बैठे किताब का पन्ना पलटा,

"शिव की ख़ामोशी से बल मिलता चला गया कामदेव को। एक बाण अपने कमान में चढ़ाकर चला ही दिया उन्होंने, देवों के देव महादेव पर। जिस पर हलाहल का प्रभाव न हुआ हो, पुष्प-बाण क्या ही कर पाते उसका, ध्यान-भग्न करने के सिवा।

शिव ने क्रोध में तीनों आँखें खोल लीं!"

बर्थडे वाले दिन ठीक लंच टाइम में जब सब लंच करने जाने लगे, तो राजीव ने सिड को रोक लिया। अपनी बग़ल वाली चेयर पर बैठने के लिए कहा।

"यार, आज थोड़ा-सा काम है। थोड़ी देर बाद लंच करते हैं साथ में। बाक़ी लोगों को जाने दो। यू नो वॉट आई मीन।" राजीव ने सिड से कहा।

"ठीक है," बोलकर सिड राजीव की बग़ल वाली कुर्सी पर बैठ गया।

राजीव ने दो-तीन मिनट सबके जाने का इंतज़ार किया, फिर मैदान साफ़ देखते ही अपने रोमांसनामे का ज्ञान बाँटने लगा,

"सपना कैसी लगती है तुम्हें? मैं तो कहता हूँ बहुत अच्छी लड़की है। हॉट एंड अन-टच्ड! यू नो वॉट आई मीन! एक पते की बात और सुनो, वो भी मरती है तुम पर! मैंने पूरा पता किया है। बेफ़िक्र रहो। सिड भाई, तुम्हारी तो

निकल पड़ी! पटी-पटाई लड़की मिल गई है तुम्हें यार। ये पका-पकाया खाना अपना बर्थडे गिफ़्ट समझ लो। चाय-कॉफ़ी के लिए अब क्या पूछोगे यार। डिनर-डेट प्लान करो! रेडीमेड रिलेशनशिप है! लड़की भी तैयार है। यू नो वॉट आई मीन। मेरी गारंटी! आजकल तो ये बहुत कॉमन है। बोडिली-नीड्स (Bodily-needs) हैं यार! सबकी होती हैं। इट्स अ काइंड ऑफ़ फ्रीडम ऑफ़ एक्सप्रेशन। यू नो वॉट आई मीन।''

सिड ने अभी तक कुछ नहीं कहा।

राजीव ने कहना जारी रखा,

''अच्छा सुनो, आज ऑफ़िस के बाद मूवी चले जाना उसके साथ। अरे वही वाली, जिसके गाने बहुत पॉपुलर हैं आजकल। मैंने मूवी देख रखी है। बड़े न्यू-थॉट्स, बिलकुल खुले-विचारों वाली फ़िल्म है भाई! यू नो वॉट आई मीन।

फ़िल्म के बाद डिनर कर लेना। बर्थडे तो है ही तुम्हारा, बर्थडे गिफ़्ट भी माँग सकते हो। और फिर चांस मिले तो,

रोमांस!

यू नो वॉट आई मीन।''

इतना कहकर राजीव ने एक गंदी वाली स्माइल दी।

पूरे मानव इतिहास ने 'लाज की टोकरी' औरतों के सिर, और 'लॉजिक का ताज' आदमियों के सिर मढ़ रखा है। वैसे तो आजकल लाज की खाज भी ख़त्म हो रही है, पर मर्दों के लॉजिक का मैजिक अब भी जारी है। लव का लॉजिकल-आउटपुट रोमांस ही तो है, राजीव जैसा एनालिटिकल (Analytical) दिमाग़ इससे ज़्यादा सोच भी क्या सकता था!

सिड ने कोई स्माइल नहीं दी। उसका चेहरा गंभीर था। कुछ पलों के लिए शांत रहा, फिर उसने कहा,

''राजीव जी! लव और रोमांस को शायद समझा ही नहीं है आपने, सिर्फ़ बिस्तर में सिलवटें बनाना ही रोमांस नहीं है। कितनी आसानी से लव का सीधा संबंध सेक्स से निकाल लेते हो, और बार-बार ये बतलाने की कोशिश करते हो कि सेक्स कोई बड़ी बात नहीं है। आजकल ऐसा होता है। हो सकता है, होता हो आजकल। पर मेरा ध्यान आपकी बार-बार की कोशिश पर जाता

है। देह के उभार से या उसके अन-टच्ड होने से, अगर आपका देह मचलता है और अपनी सोचों में इस मचलन को, औचित्य के नाम पर अगर रोमांस कहते हो, तो मुझे लगता है कि आपका वाला रोमांस सिर्.फ ओछापन है। बीइंग-मॉडर्न (Being-Modern) का ठप्पा लगाकर आप कुछ भी बकवास नहीं कर सकते। आपकी नीयत और फूहड़ता झाँकने लगती है, फ्रीडम ऑ.फ एक्सप्रेशन के सा.फ लि.फा.फे से। मुझे नहीं लगता राजीव जी कि मैं आपसे अब कभी बात करना चाहूँगा।"

ऑ.फिस के लोग लंच-ब्रेक से वापस आ गए थे, कुछ इकट्ठे भी हो गए थे अब तक राजीव की डेस्क के आसपास। सपना भी वहीं थी। और राजीव शर्म से पानी-पानी हो रहा था।

इन सबके बीच भी भंडारी जी अपनी सीट में बैठे, बड़े म.जे से किताब पढ़ रहे थे, "कैलाश में वसंत था और रति के आँखों में सावन। कामदेव भस्म हो गए थे और देवगण व्याकुल। शिव तक किसकी प्रार्थना पहुँचती, पार्वती के सिवा!"

"आई एम सॉरी, सिड। मुझे मा.फ कर दो।" राजीव ने कहा।

सिड ने सपना की तर.फ देखा। अपनी डबडबाई आँखों से वो उसे ही देख रही थी। उससे जुड़ी हुई किसी बात का बतंगड़ बने, वो भी सबके सामने, यह झेल नहीं पा रही थी सपना।

सिड ने राजीव की तर.फ देखा और कहा, "भाई, इज़्ज़त कमाने के लिए दूसरों की इज़्ज़त करनी होगी। सोचिए, उससे बड़ा रोमांस क्या होगा, जब आपकी वजह से किसी को मुस्कान मिले।"

भंडारी जी ने एक बार के लिए किताब से ध्यान हटाया और सिड की बात सुनी। फिर वापस पढ़ने लगे, "शिव ने कामदेव के भभूत को मुट्ठी में उठाकर अपने चेहरे पर मल लिया। पार्वती की तर.फ देखते हुए बोले, कैसा दिखता हूँ? इस पर पार्वती ने एक अल्प मुस्कान मात्र से अनुमोदन किया।

और कामदेव उत्पन्न हो गए।"

आदम की क़लम

क़ायनात बन तो गई थी, पर अधूरी-सी थी। 'कुछ न था तो ख़ुदा था', पर तब बस ख़ुदा ही था। तो उसने तीन चीज़ें और बनाईं। नूर से फ़रिश्ते को, आग से जिन्न को और मिट्टी से इंसान को।

अपने कहकशाँ के आँगन में फिर रहने का बंदोबस्त किया उसने अपने तीनों बच्चों के लिए। कुछ समझा-बुझाकर, एक-एक काम भी पकड़ा दिया होगा ख़ुदा ने उनको। अपनी-अपनी हैसियत और औक़ात के हिसाब से सबने काम संभाल लिया। पर अपना काम अच्छा किसे लगता है भला... और दूसरों के काम में लगाव तो स्वाभाविक-सी चीज़ है। बच्चे आपस में उलझ गए, थोड़ी तू-तू मैं-मैं भी हो गई। फ़रिश्ता चूँकि सयाना था, सही-ग़लत की ज़्यादा समझ थी, इसलिए उसने ख़ुद को इंसान और जिन्न के फ़साद से दूर ही रखा।

पर फ़साद तो फ़साद है, छुपाए कहाँ छुपता है! और फ़रिश्ते के रहते बात छुप जाए, यह मुमकिन भी नहीं था। "सारी चुगली कर आता होगा। पेट में बात पचती कहाँ है इसकी।" जिन्न अक्सर कहा करता था आँगन में।

जब बात ख़ुदा तक पहुँची, तो उसने तीनों को बुलाया। तीनों लाइन बनाकर कमरे के बाहर खड़े हो गए। उन्हें इत्तला कर दी गई कि उनसे एक-एक करके बात होगी। सबसे पहला नंबर जिन्न का था। जिन्न में तो कॉन्फ़िडेंस कूट-कूटकर भरा था। वो उसी कॉन्फिडेंस से कमरे के अंदर दाख़िल हुआ और बाक़ी दोनों बच्चे कमरे के बाहर दरवाज़े के पास कान

लगाए खड़े रहे।

"ऐ ख़ुदा, सारा लाड़-प्यार सिर्फ़ एक ही बेटे को? कहाँ का इंसाफ़ है?" कमरे में घुसते के साथ जिन्न शुरू हो गया।

"आपने मुझे आग से बनाया और इंसान को मिट्टी से। आग के आगे मिट्टी की क्या ही बिसात! फिर भी आपने हमेशा इंसान को ही चाहा। मैं चुप रहा। आपकी मर्ज़ी के आगे मैं कर भी क्या सकता हूँ! आपके लाड़-प्यार से शह पाकर अब इंसान मनमानी पर उतर आया है। आँगन में उसे जो अच्छा लगता है, उस पर अपना हक़ जताता फिरता है। कोने में पड़े चाँद-सूरज को भी नहीं छोड़ा है उसने। आपकी मेज़ से उसने ही क़लम चुरा ली और आँगन में बैठकर लिखता रहता है। कहीं ये न लिख दे कि वो ही ख़ुदा है। मेरे बारे में तो भला-बुरा लिख ही चुका है। आपने ही उसे लिखना-पढ़ना सिखाया और मुझे सिखाना ज़रूरी नहीं समझा। आज वो मेरा मज़ाक उड़ाता फिरता है। और कभी-कभी तो आपका भी। मैं इतना ताक़तवर, आग से बना हुआ, चुप करके बैठ जाता हूँ फिर भी। आपकी मर्ज़ी की ख़ातिर।

आप अगर मुझे ज़रा भी चाहते हैं, तो एक एहसान कीजिए मुझ पर। मुझे ज़रा-सी ताकत और दे दीजिये। अगर ज़रूरत पड़े तो मैं इस घमंडी इंसान के कानों में फुसफुसाकर इसकी असली औक़ात पर ला दूँ। तब आप देखेंगे कि मैं कितना सच्चा हूँ और इंसान कितना बनावटी। मैं फ़साद की वजह नहीं। जो है, उसके असली चेहरे को ज़रूर लाऊँगा आपके सामने।"

इतना कहकर जिन्न ने आँखें दबा-दबाकर दो बूँद आँसू निकाल ही दिए। फरियादी बनकर आया था। जो माँगा मिल गया।

फ़रिश्ता और इंसान कमरे के बाहर खड़े-खड़े सारी बातें सुन रहे थे। फ़रिश्ता मौक़े को भाँप रहा था और इंसान की घिग्घी बँधी हुई थी। अगला नंबर फ़रिश्ते का था। उसे तो सारी सच्चाई पता थी कि जिन्न सिर्फ़ जिन्न नहीं, शैतान भी था। और इंसान को बचपन से देखा था उसने। अपने कमज़ोर बाजुओं और टाँगों से ख़ुद को संभालते-संभालते कितनी ठोकरें खाई थीं आँगन में, जब चलना सीख रहा था। उसकी मासूमियत से कई बार पिघल जाया करता था फ़रिश्ते का दिल। एक बड़े भाई की तरह गले लगा लेता था फ़रिश्ता उसे।

'बेचारा ठीक से ख़ुद के लिए माँग भी नहीं पाता है कुछ भी। जो मिल जाए ले लेता है, जो न मिले उसको भूल भी जाता है। ख़ुद मेहनत करता है, नई चीज़ें बनाता है। इसके नए-नए कारनामे से आँगन में रौनक़ रहती है।' फ़रिश्ते ने सोचा।

'कमज़ोर है बेचारा, खनकती मिट्टी से जो बना हुआ है। इसको जिन्न के जाल से बचाना ही होगा।' कॉन्फिडेंट में तो फ़रिश्ता भी दिख रहा था।

फ़रिश्ता कमरे में दाख़िल हुआ। कहा, "आपने मुझे सच बोलने के लिए बनाया है। मैं चाहकर भी सच के अलावा कुछ बोल नहीं सकता। आपने मुझे सही समझने के लिए बनाया है। मैं चाहकर भी ग़लत समझ नहीं सकता।

आपने हर चीज़ बनाई है एक मस्लेहत से, एक वजह से। बिना वजह कुछ नहीं है, ये समझाया भी आपने ही है। इंसान पढ़-लिख सकता है। आपने ही सिखाया होगा। जिन्न और फ़रिश्ता जैसी फ़रियाद करते हैं आपसे, एक लहज़े में दुआ माँगते हैं, जो आपको पसंद है। आपने ही सिखाया होगा।

इंसान कैसे दुआ माँगता है, मैंने आज तक नहीं देखा। उसकी दुआ तो यूँ ही बादलों में गुम हो जाती होगी। दुआ में कुछ बोल भी नहीं पाता है कभी ठीक-ठीक से, जैसा आपने हमें सिखाया है। आपने उसे क्यों नहीं सिखाया है?" फ़रिश्ते ने कोशिश की कि ख़ुदा इंसान को दुआ बख़्श दे। और इंसान दुआ में माफ़ी माँग ले। फिर सब ठीक हो जाएगा।

इंसान दरवाज़े के बाहर खड़ा चुपचाप सुन रहा है। उसने फ़रिश्ते की बात सुनी और घबरा गया। फिर अपनी बारी में अंदर जाने वाले क़दम लड़खड़ाने लगे। इससे पहले किसी ने दरवाज़े पर दस्तक नहीं दी थी। इंसान ने दी। हुक्म हुआ कि अंदर दाख़िल हो जाए। चार पथराए हुए क़दम चलकर वो रुक गया।

अब उसके कहने की बारी थी। हलक़ के साथ साथ लफ़्ज़ भी जम गए थे गले में। घिग्घी तो पहले से ही बँधी हुई थी इंसान की। कुछ नहीं कहा उसने, जानता था उसने ही क़लम चुराई थी आँगन की मेज़ से। क्या करता, इतनी प्यारी चीज़ जो थी। हाथ में लेते ही ताक़त का एहसास होता था। आग वाला जिन्न, मिट्टी पर धौंस जमाता रहता, पर जब से क़लम हाथ में आई, इंसान ने आग से भी डरना छोड़ दिया था।

और आज इतनी ताक़त भी नहीं मिल रही थी कि ख़ुदा के सामने अपना गुनाह क़ुबूल कर ले।

'क्या लिखता रहता है ये?' फ़रिश्ता अक्सर सोचता, मासूम-से इंसान को देखकर।

'लिखता है, जो है नहीं। और कहता है, जो लिखा है, वो बात होगी। कभी पढ़कर सुनाता भी है आँगन में, अपने उम्मीद की कहानी तो जिन्न जल-भुन के कोयला हो जाता। नज़र गड़ाए रखता है जिन्न ख़ुदा की क़लम पर। इंसान ने जिसे अपना बना लिया था, जिसे सीने से लगाए रखता था। कई बार इंसान से यूँ माँगकर पकड़ने की कोशिश की है उसने क़लम को, अपनी उँगलियों के दरम्यान। पर ख़ुदा ने ही शायद उसी क़लम से उसके हिस्से में क़लम पकड़ने का हुनर लिखा ही नहीं कभी। अगर वो न लिख सका तो इंसान भी क्यों ही लिख सके, वो भी इस चोरी की क़लम से।'

फ़साद यहीं से शुरू हुआ था।

आज ख़ुदा के सामने डर और शर्मिंदगी में इंसान ने हाथ उठाए और फ़र्श पर अपने दोनों घुटने टिका दिए। एक लफ़्ज़ ज़बान से नहीं निकाला, पर आँसू की दो-चार बूँदों ने अंदर पड़े लफ़्ज़ों के बोझ को बाहर पटक दिया।

ख़ुदा से उसने माँग ली 'उम्मीद'। और यूँ ही उसने सदियाँ काट दीं।

ख़ुदा ने भी उस दिन क़लम रहने दी थी उसके पास।

बिना क़लम, उम्मीद का आदम करता ही क्या आख़िर।

चीनी वाली बीमारी

''ये कल के लड़के, डॉक्टरी की चार किताबें क्या पढ़ लेते हैं, ख़ुद को तुर्रमख़ाँ समझने लगते हैं।'' आजकल शर्मा जी के मुँह से यूँ ही निकल जाया करता अगर कहीं चीनी या मिठास से मिलती-जुलती बात निकल आए तो। पिछले कुछ दिनों से बंटी से उखड़े-उखड़े जो रह रहे थे।

''हफनी हो जाती थी बंटी के ताऊ को, 'शुगर' ज़्यादा हो गई थी न उनकी। मिठाइयाँ जो बहुत खाते थे।'' मंडली में बात छिड़ी थी पिछले सप्ताह।

बंटी ने ही बताई थी अपने ताऊ को ये 'शुगर' वाली बात। चौथा साल चल रहा था उसकी डॉक्टरी की पढ़ाई का। और अब बंटी के ताऊ जब आते मंडली में, ये 'शुगर' वाली बात छेड़ देते।

''अरे! सब ढकोसला है। ये शुगर-वुगर कुछ नहीं होता।'' शर्मा जी हँसकर बात टाल भी जाया करते। मंडली उन्हीं की दुकान के अहाते में लगाते थे कॉलोनी भर के बुज़ुर्ग।

शर्मा जी की पुश्तैनी मिठाइयों की दुकान तब से चली आ रही थी जब अँग्रेज़ अफ़सरान यहाँ आकर जलेबियाँ और समोसे खाते थे। और लोगों की भीड़ भी कभी कम नहीं हुई, आज़ादी से पहले भी और आज़ादी के बाद भी। पास में जब पोस्ट ऑफ़िस खुला था कई सालों पहले, तो उसका पता भी लोग शर्मा जी की दुकान के नाम से ही बताते थे। अब पोस्ट ऑफ़िस का पता कोई नहीं पूछता और शर्मा जी की दुकान में वाई-फ़ाई भी फ़्री है। पिछले साल तो 'शर्मा स्वीट्स' की एक ब्रांच भी खोली उन्होंने, शहर के दूसरे हिस्से में।

उनका बेटा संभालता है अब वो दुकान।

शर्मा जी सब से हँस-बोलकर मिलते थे। उनके ग्राहक बताते हैं कि उनकी बातें उनकी मिठाइयों से भी ज़्यादा मीठी हुआ करती थीं। शर्मा जी भी ख़ुद बड़े ख़ुशमिज़ाज शख़्स थे। पर आजकल मंडली में ये 'शुगर' वाली चर्चा अच्छी नहीं लगती थी उन्हें।

लक्कड़दादाओं को शायद ये शुगर जैसी नई वाली बीमारी थी नहीं या पता थी नहीं। मिठाइयाँ जमकर खाते थे, शर्मा जी भी जमकर खिलाते थे। मर भी जाते थे ये दादा-परदादा, मीठी मौत, हँसते-हँसते। क्या पता कंबख़्त शुगर से ही मारे गए हों सारे।

पर शर्मा जी तो मिठाई का धंधा करते हैं, ज़हर बेचने का काम थोड़े ही है!

"ज़हर है भाई चीनी और चीनी जैसी चीज़ें, उनके लिए जिनको शुगर है।" किसी ने उस दिन मंडली में बात छेड़ दी।

"हाँ भाई हाँ! बिलकुल सही बात है।"

"बंटी कल एक छोटी-सी मशीन ले कर आया है, ताऊ के लिए। एक बूँद ख़ून टपका दो बस, सारा कच्चा-चिट्ठा बाहर आ जाता है।"

"अरे! कोई नई चीज़ नहीं है वो, मेरे बेटे ने अमेरिका से पिछले साल ही भेजी थी। बड़ी अच्छी चीज़ है भाई, मीठे की लत पर कंट्रोल रहता है।"

"मुझे भी शुगर थोड़ी-सी बढ़ी-बढ़ी रहने लगी है भाई!"

मंडली में बातों का सिलसिला जारी था और शर्मा जी झेंप जाने वाली मिठास से जुड़ी बातों पर मुस्करा भर देते। लोगों में होड़ लगी थी, मानो फैशन शो चल रहा हो या कोई कांटेस्ट। एक-दूसरे से ज़्यादा शुगर दिखाने में लगे थे सब। लोग जितना ऊपर जाते ख़ुद को शुगर पीड़ित बताने में, शर्मा जी का अनकहा संकोच उतना बढ़ जाता।

"अरे भाई! कम से कम तंबाकू, सिगरेट के डिब्बों पे लिखा तो होता है। मिठाई तो तंबाकू से बदतर है। कहीं लिखा नहीं होता। ये ज़हर है ज़हर।"

एक सज्जन जज़्बात में कुछ ज़्यादा बह गए। शायद ध्यान नहीं दिया कि मंडली कहाँ लगी हुई थी। कुछ लोगों को लगा भी कि हो सकता है शर्मा जी को बुरी लगी हो बात। पर बात दिमाग़ों के एक कोने से फुर्र हो गई। लोग

लगे थे मिठास को गूँधने में। और शर्मा जी मुस्करा-मुस्कराकर अब थकने लगे थे।

उस दिन लोगों में 'शर्मा-स्वीट्स' से सिर्फ़ पकौड़े खाए, स्वीट्स नहीं खाया किसी ने। मन भी किया हो तो फ़ैशन आड़े हाथ आ गया होगा ज़ेहन में सबके।

कुछ देर कुछ और गप्पें लड़ाई गईं फिर लोग एक-एक कर तितर-बितर हो गए। चूँकि शर्मा जी ख़ुद मंडली में बैठे हुए थे, वे अपनी दुकान के सामने जूठे बर्तनों को ख़ुद ही उठाकर भीतर ले जाने लगे। दिमाग़ में तंबाकू वाली बात गूँज रही थी। 'मैं तो मिठाई बेचता हूँ। ज़हर थोड़े ही न बेचता हूँ।' अपने आप को सांत्वना देने की कोशिश की शर्मा जी ने। पर गले में एक गाँठ-सी बन गई थी। जो न ऊपर जा रही थी, न नीचे। ऐसा लग रहा था कि मूँगफलियों को चबाते-चबाते एक ख़राब दाने पर दाँत पड़ गया हो। ज़ायका अगली सुबह तक भी साफ़ नहीं हो पाया था।

हालाँकि मिठाई की दुकान में भीड़ कम नहीं हुई थी। लोग उसी जोश-ओ-खरोश से भीड़ बनकर आते रहे, मिठाइयाँ लेकर जाते रहे। शर्मा जी का धंधा अच्छा चल रहा था। मंडली भी अक्सर लगती थी, दुनियाभर की बातें होती थीं। कई बार मिठाइयों की तारीफ़ भी होती। पर उस दिन की तंबाकू वाली बात शर्मा जी के दिमाग़ में मानो चिपक-सी गई थी। इसे एक छिपी बीमारी की तरह शर्मा जी पालने लगे थे। न किसी को बता पाते, न ही कोई इलाज था उनके पास इसका।

बीमारी दिमाग़ से बदन में घुस गई एक दिन। शर्मा जी ने बिस्तर पकड़ लिया। ख़ूब सारे मेडिकल टेस्ट करवाए गए फिर। डॉक्टरों ने कहा कि कैंसर का शक है, "और जाँच करने होंगे कन्फर्म होने के लिए।"

उस दिन बड़ा ताज्जुब हुआ शर्मा जी को, "अरे, कमबख़्त कैंसर ही निकले! इनिशियल स्टेज ही होगा। इलाज तो आसानी से हो जाता है आजकल। पर हुआ ही क्यों। तंबाकू को तो हाथ नहीं लगाया आज तक।"

"शर्मा जी! सिर्फ़ तंबाकू ही वजह नहीं होती कैंसर की। और भी चीज़ें हैं जिनसे हो जाता है लोगों को। किसी को भी हो सकता है।" डॉक्टर ने समझाया।

''फिर किस वजह से हुआ मुझे।''

''अभी ट्यूमर स्टेज पर ही है। ज़्यादा सेल ग्रोथ से हुआ है शायद।''

''शायद?''

''ठीक-ठीक तो तफ़्तीश के बाद ही पता चलेगा शर्मा जी।''

पर शर्मा जी को उनकी बात नहीं पची। 'शायद?' उन्होंने सोचा,

'मतलब, डॉक्टर को पक्का नहीं है वजह अभी।

क्या पता, पता चल भी न पाए।

क्या पता, शुगर ही हो बस।''

शुगर से भी हो सकता है कैंसर क्या?' शर्मा जी सोचते जा रहे थे।

'हो सकता है तंबाकू के बारे में ज़्यादा सोचने से ही हो गया हो कैंसर। शुगर भी तो ज़्यादा हो रही है लोगों को। जब से लोग सोचने लगे हैं। लक्कड़दादाओं को कहाँ होती थी ये शुगर-वुगर। बंटी पागल है। और उसकी मशीन बेतुकी! हाँ! सोचने से ही हुआ है मुझे। सारा दिन दिमाग़ को तंबाकू खिलाता रहा इतने दिन। सोचने से ही होती है कम्बख़्त चीज़ें! ये शुगर-वुगर, चीनी वाली बीमारी भी! सारा दिन मक्खियाँ मिठाइयों पर भिनभिनाती रहती हैं। सोचती थोड़े ही न होंगी।'

मंडली ख़त्म हो गई थी, पर शर्मा जी अब भी बैठे सोच रहे थे।

'हुह! चीनी वाली बीमारी! बकवास!'

समीर की डायरी

उस शाम समीर जब अपने घर आया, तो बहुत काँप रहा था। दिसंबर का महीना था। हालाँकि उसने दिल्ली में कई सर्दियाँ काटी थीं और दिल्ली के मौसम से वो पूरा वाकिफ़ था, फिर भी वाइब्रेशन-मोड वाले फ़ोन की तरह पूरा शरीर काँप रहा था। कँपकँपी शायद ठंड की वजह से नहीं थी। एक खौफ़ की थी, ज़ेहन में एक परछाईं के जैसी। समीर जहाँ जाता ये परछाईं उसका पीछा करती। हवा में कुछ अजीब-सा घुला-घुला महसूस होता उसे और साँस भी कम आती। दर्द और डर में रुँध-सा गया था वो। अकेले कोने में बैठकर रोने का मन कर रहा था। या सड़कों पर चीख़ते हुए दौड़ने का। समीर ख़ुद को फिर से संभालने की कोशिश कर रहा था।

भागा-भागा आया, कमरे में दाख़िल हुआ और सबसे पहले बत्तियाँ जला दी उसने। परछाईं चली गई। उसे पता था, बत्तियों को बुझाते ही परछाईं फिर आएगी। उसने बत्तियों को जला ही रहने दिया।

चारों तरफ़ सन्नाटा था। पर सन्नाटे में भी एक आवाज़ होती है, जो समीर के कानों के परदे फाड़ रही थी। उसने कंबल और तकिए से अपना सिर, कान ढाँप लिया। औंधे मुँह करके बिस्तर में घुस जाने की कोशिश करता रहा। करवट ली और आँखें बंद किए, अपने साँसों की गर्म हवाओं को कंबल में भरने लगा। हल्की गर्मी से कंबल ज़रा-सा ख़ुशनुमा हो गया, पर नींद अभी कोसों दूर थी।

आधे घंटे तक समीर यूँ ही पड़ा रहा। बेजान-सा। फिर उठा और दरवाज़े

की कुंडी लगाई। चेक किया, एक बार, दो बार, फिर से। मानो हर बार चेक करके भूल जा रहा हो। एक कोला की पुरानी बोतल टेबल पर पड़ी थी, कुछ पानी था उसमें। समीर ने प्यास बुझाई। एक बूँद हल्की-सी धार बनाकर दाएँ कान पर जा लगी। बूँद आँख से निकली थी शायद। "मैं रो रहा था?" समीर तय नहीं कर पाया।

पिछली बार तब ऐसा महसूस हुआ था, जब समीर के पिता का देहांत हुआ था। ऐसे ही दिसंबर का महीना था और दिल्ली वाली सर्दी थी। दो साल पहले। उसने इंजीनियरिंग कॉलेज में एडमिशन लिया था उस साल। मुश्किल से पाँच-छह महीने बीते होंगे। उस शाम जल्दी-जल्दी हॉस्टल आया और फौरन नहा-धो कर तैयार होने लगा। अपनी गर्लफ्रेंड को फ़िल्म दिखाने ले जाना था उसे। ठंडे पानी से ही नहा लिया उसने, 'गीज़र के गर्म होने तक कौन इंतज़ार करे।'

अपनी गर्लफ्रेंड को कॉल करने से पहले उसने अपने घर .फ़ोन किया। उसके हाथ से उसका .फ़ोन छूट गया और ज़मीन पर जा लगा, .फ़ोन के बटन मोतियों की तरह बिखर गए। उसके पिताजी ने पिछले महीने ही उसे ये .फ़ोन गि.फ़्ट किया था। आज उनकी मौत की ख़बर भी इसी फोन से मिली थी। उसे बुलावा आया था घर से, पिता के अंतिम संस्कार के लिए।

एक महीने बाद समीर घर से दिल्ली लौटा, चीज़ें का.फ़ी बदल गई थीं। वो का.फ़ी शांत हो गया था। परिवार से कमाने वाले का साया उठ गया था और समीर की पढ़ाई का भविष्य भी कशमकश में था। उसके चाचा, जो धंधे में उसके पिता के पार्टनर भी थे, ने भरोसा जताया कि वो परिवार का ध्यान रखेंगे। लेकिन अब पढ़ाई के ख़र्च के लिए समीर का कोई सहारा नहीं था। उसकी माँ चाहती थी कि समीर अपनी पढ़ाई जारी रखे। माँ ने ही समीर को ज़बरदस्ती दिल्ली भेजा था इस बार।

समीर अब महँगे हॉस्टल में नहीं रह सकता था, उसे पैसे बचाने थे। उसने कॉलेज की बग़ल में ही एक लॉज ले लिया। एक ट्यूटर की नौकरी भी पकड़ ली। अब दिन में वो कॉलेज में पढ़ता था और शाम में स्कूली बच्चों को ट्यूशन पढ़ाता था। समीर के पास न ख़ुद के लिए वक़्त था न किसी और चीज़ के लिए। जल्द ही उसकी गर्लफ्रेंड किसी और लड़के के साथ .फ़िल्म

थिएटर और शॉपिंग मॉल में दिखने लगी। समीर ने कुछ नहीं कहा, न किसी के मत्थे दोष मढ़ा। जो था बस मान लिया उसने।

कुछ महीनों के बाद उसे पता चला कि उसके पिताजी का धंधा, जो अब उसके चाचा देख रहे थे, बंद होने वाला था। चाचा जी को काफ़ी नुक़सान हुआ और शायद वो पिताजी के बाद धंधा चला नहीं सके। जो बचा-खुचा था धंधे में उसका बँटवारा होना था, चाचा और समीर के बीच में। समीर का भाई अब भी स्कूल में ही था। वो इन चीज़ों को अकेला सँभाल नहीं सकता था। वहीं समीर बड़ी तेज़ी से बड़ा हो रहा था। उसे पता था क्या करना है। फ़ौरन अपने घर गया और अपने हिस्से की बची-खुची चीज़ों का ब्योरा लिया। कुछ पैसे आए हाथ में, एकमुश्त। पर जो छोटी-सी धारा थी हर महीने चंद रुपयों की, वो सूख गई थी।

घर को किराए पर चढ़ाने से कुछ और पैसों का बंदोबस्त हुआ। 'छोटे भाई की पढ़ाई लायक़ पैसे तो किराए से आ ही जाएँगे।' समीर ने सोचा। उसने अपने छोटे भाई का एडमिशन एक अच्छे बोर्डिंग स्कूल में करा दिया और माँ को अपने साथ दिल्ली ले आया।

'मुझे ख़र्च चलाने के लिए कुछ और भी करना पड़ेगा, ट्यूशन से अब काम नहीं चल पाएगा।' दिल्ली आते हुए प्लेटफार्म पर, ट्रेन में, हर वक़्त समीर यही सोचता रहा। माँ बग़ल में बैठी थी, टुकुर-टुकुर देख रही थी अपने लाड़ले को। अभी कुछ दिनों पहले की तो ही बात थी, वो हर चीज़ों में हिदायत दिया करती थी उसे। 'कितना बड़ा हो गया है मेरे बेटा, भगवान इसका बोझ हल्का करे!' सोच में चिंता और प्रार्थना दोनों थीं।

दिल्ली प्लेटफॉर्म पर काफ़ी भीड़ थी। शायद दो-चार बड़ी ट्रेनें एक साथ आ धमकी थीं स्टेशन पर। समीर ने सोचा, 'पाँच मिनट रुक जाता हूँ, भीड़ भी छँट जाएगी और तब तक कुछ खाना भी हो जाएगा'। माँ को प्लेटफार्म पर ही एक बेंच पर बैठाया उसने और सामान बेंच की बग़ल में टिका दिया।

"दूसरे प्लेटफार्म के कोने में एक पराठेवाला है, मैं दो-चार आलू के पराठे ले आता हूँ। भूख लग गई होगी आपको भी।"

"हम्म," माँ ने बस इतना कहा।

माँ को वहीं छोड़, समीर भीड़ को चीरता आगे बढ़ने लगा। बदबूदार

शौचालय से गुज़रा तो दाएँ-बाएँ से गीली हुई प्लेटफार्म की फर्श से बच-बच कर निकलने लगा। 'तेज़ाब-सी बदबू है, कितना इंसानी है!'

दूसरे प्लेटफॉर्म पर पहुँचकर उसने माँ की तरफ़ देखा। माँ उसे ही देख रही थी। पथराई हुई-सी। दिल ने काम करना शायद पहले ही बंद कर दिया था। धम्म से एक तरफ़ गिर गई। समीर ने दौड़ लगाई सामने के प्लेटफॉर्म को। दो-चार लोग खड़े हो गए थे वहाँ अब तक। शरीर बेंच पर पड़ा था और दायाँ हाथ बेंच से नीचे झूल रहा था। वही हाथ जिससे कुछ देर पहले वो समीर को थपथपा रही थी। प्लेटफॉर्म बंजर लग रहा था। सन्न-सा। समीर रो नहीं पा रहा था।

कितने दिनों से रट रही थी बेचारी, बेटे को देखने दिल्ली जाना था उसको। पिताजी से भी पहले कहती रहती थी दिल्ली ले चलने के लिए। एक दिन तो फ़ोन पर बेटे से मानो पिताजी की शिकायत तक की, "देखो न समीर, मुझे तुम्हारे पास दिल्ली आना है और तुम्हारे पापा ले नहीं जाते।" समीर ने बात टाल दी, "मैं ही आकर एक दिन तुम्हें दिल्ली ले आऊँगा माँ, तुम परेशान मत हो।"

समीर ने दिल्ली में ही माँ का दाह संस्कार किया। दो दिन बाद अपने कमरे में रोया था समीर।पानी पीते हुए उसे सारी बातें याद आ रही थीं।

'कान पर पानी की बूँद? हो सकता है पानी पीते वक़्त बोतल से छलक गई हो। नहीं, मैं रो नहीं रहा था। मैं कैसे रो सकता हूँ?'

समीर उठा और सीढ़ियाँ चढ़ते छत पर चला गया। अँधेरा था, कोई चाँद नहीं, कोई तारे नहीं। दूर की एक बिल्डिंग का ऊपरी माला जगमगा रहा था। किसी हाई सोसाइटी की टैरेस-पार्टी चल रही थी शायद।

'इनके एक प्लेट खाने के खर्च से मेरा पूरा सप्ताह का ख़र्च निकल सकता है।'

जब छोटा था समीर, तो उसने हमेशा वर्दी वाले ड्राइवर के साथ महँगी कार का सपना देखा था। ठाठ-बाट के साथ। जैसे कोई बड़ा बिज़नेसमैन।

'नहीं, मैं तो क्रिकेटर बनाना चाहता था।' समीर को याद हो आया कि एक बार कैसे उसने अपने दम पर स्कूल में क्रिकेट मैच जिताया था अपनी टीम को। मैन ऑफ़ द मैच मिला था उसे उस दिन। पिता जी कितने ख़ुश

हुए थे।

तभी छत पर गिटार की हल्की-सी आवाज़ आने लगी।

'कोई लॉज के किसी कमरे में बैठा गिटार बजा रहा है। मैंने भी तो तय किया था अपनी पहली सैलरी से माँ के लिए साड़ी और अपने लिए गिटार लूँगा। एक गिटार ही चाहिए मुझे ज़िंदगी में बस, सारा दर्द उसी से निकल जाएगा। छोटे भाई को कोई तकलीफ़ न होने दी है कभी और न होने दूँगा। प्लेसमेंट में दिन ही कितने बचे हैं अब, एक बार नौकरी लग जाए फिर सब ठीक हो जाएगा।'

दौड़ता हुआ वो सीढ़ियों से उतरा और कमरे में रखी टेबल तक गया। दराज़ से अपनी पुरानी-सी डायरी निकली और बच्चों की तरह पेज पलटने लगा। बदसूरत-सी डायरी के चिपके-चिपके, रूखे-रूखे से पन्ने पलट नहीं रहे थे तेज़ी से। नमी खा गए थे बहुत, शायद।

'मैं कैसे रो सकता हूँ?' समीर को याद आया।

जल्दी-जल्दी में उसने वो पेज निकाला जिसमें वो कॉलेज के दिन काट रहा था। उलटी गिनती के नंबर लिख रखे थे और रोज़ एक नंबर काट देता था। आज का नंबर काटा और बाक़ी की गिनती की। कुछ गिनती के दिन ही बचे थे कॉलेज के।

हल्का मुस्करा भी रहा था शायद समीर उस वक़्त।

बिस्तर पर लेटकर उसने चादर से मुँह ढाँप लिया। थोड़ा सेफ़ महसूस कर रहा था अब।

बदसूरत-सी वो डायरी अब भी आधी खुली थी। पन्ने अकड़ गए थे, तो पूरी बंद अब होती नहीं थी। मानो जबड़े दिखाए दाँत निपोर रही हो डायरी।

डायरी को गिनती आती थी शायद।

चप्पलचोर घसीटा

"चोर! चोर! चोर!" एक शख़्स ने मंदिर से निकलते ही आवाज़ लगाई। कुछ दूर पर लोगों ने सुना और भागते चोर को धर दबोचा।

घसीटा अक्सर पकड़ा जाता, बड़ा नौसीखिया चोर था। लोग जी-भरकर मारते और फिर छोड़ देते। पुलिस ने भी अब उसे संजीदगी से लेना बंद कर दिया था।

"इतना निकम्मा चोर है, इसको पकड़ने में शर्म आती है। हवालात की बदनामी है घसीटे को अंदर बंद करने में। इसे तो लोगों के पास ही रहने दो। चलो, भगवानों की खीझ तो कम से कम लोग निकाल पाएँगे।"

घसीटा मंदिरों-मस्ज़िदों-गुरुद्वारों के बाहर रखी चप्पलें चुराता और पास वाले चोर-बाज़ार में बेच आया करता। कोई घर-बार तो था नहीं, तो वहीं भगवान के घरों में लंगर खाता, किसी ने कुछ दे दिया तो पहन लेता और पड़ा रहता कोने में। घसीटा अकेला चप्पल चोर नहीं था इलाक़े में। चोर तो कई थे, पर बार-बार पकड़े जाने वाला, मार खाने वाला और फिर चोरी करने वाला वो अकेला चोर था। चोरों की बिरादरी ने भी मानो बेदख़ल कर रखा हो उसे। घसीटा मोहल्ले और माहौल भी बदलता रहता था। पर महीने- दो महीने में वापस आ जाया करता।

आज जब घसीटा पकड़ में आया, तो हर बार की तरह उसकी पिटाई हुई। चार लोग पीटने लगे और चालीस लोगों की भीड़ इकट्ठा हो गई। पीटने वाले गालियाँ दे रहे थे और थोड़े से ज़्यादा सभ्य समाज वाले ताने। भीड़ को एक

टॉपिक मिल गया बात करने के लिए।

"कोई काम-धंधा क्यों नहीं कर लेता। मेहनत-मज़दूरी कर ले, दो वक़्त की रोटी कमाए और खाए। पर नहीं, चोरी ही करनी है इसे।"

"चोरी भी कहाँ। भगवान के घर में!"

"घोर पाप!"

"मार खा-खा कर थेथर हो गया है। पर कोई असर नहीं। देखो तो, चोरी रुकती नहीं शैतान की।"

"जिन हाथों से ब्राह्मण की चप्पलें चुराता है, उन्ही से चमारों की भी उठा लेता है।"

"घोर पाप!"

"और तो और, मस्ज़िदों में भी चोरी करता है। मंदिरों की चप्पलों को मस्ज़िदों की चप्पलों से मिलाकर रखता होगा फिर?"

"कोई धरम-ईमान है भी कि नहीं?"

"बुद्धि-भ्रष्ट, धर्म-भ्रष्ट।"

"ये तो धार्मिक आस्था को ठेस पहुँचाने वाली बात है भाई!"

"हाँ, है तो सही!"

"सिर्फ़ है नहीं, मैं तो कहता हूँ अधर्म है अधर्म।"

"हम भी पाप के भागीदारी हैं, अगर हमने यह सब नहीं रोका तो।"

ये कहते हुए और दो-चार लोगों का ख़ून खौल उठा और भीड़ से निकलकर वो भी उसे पीटने लगे।

"अरे, चोर बाज़ार में बेचता है ये सारी चप्पलें।"

"या तो उस चोर पीटर को बेचता होगा या उस बदमाश मंसूर को।"

"हमारी आस्था को ठेस पहुँचाने की कोई कसर नहीं छोड़ी है इसने।"

दो लोग और जुड़ गए पिटाई करने में।

"इन्हीं पैसों से आज दाल-गोश्त खा रहा होगा इरफ़ान की दुकान पर। मैंने हड्डियाँ चूसते देखा था इसे आज सुबह।"

"छिः-छिः, मंगलवार को माँस खाकर बजरंगबली के मंदिर में चप्पल चोरी!"

"घोर कलयुग है!"

कुछ लोग और जुट गए और भीड़ भी बढ़ गई। किसी ने पुलिस को भी बुला लिया।

पुलिस आई और घसीटे को पकड़ लिया। घसीटा बेदम हो गया था। शक्ल ऐसी सूज गई मानो देखने वालों पर हँस रहा हो। बेदम था तो चल नहीं पाया। पुलिस ने घसीटा को घसीटते हुए गाड़ी में डाला और पुलिस स्टेशन ले गई।

कई धाराएँ लगीं उस पर, आख़िर उसने आस्था के साथ खिलवाड़ किया था। इतनी गंभीर धाराओं से हवालात के रौनक़ देखते ही बनती थी।

घसीटा कोई आम, नाकाम चप्पल चोर नहीं था अब।

घसीटा मशहूर था।

उड़न छू

रिश्ते सिर्फ़ इंसानी नहीं होते। एक बच्चे का बड़ा गहरा रिश्ता होता है उसके बचपन के खिलौनों से। ख़ासकर एक टेडी बेयर जैसी चीज़ जिसे पकड़कर सोने में बड़े इत्मीनान की नींद आती है। या फिर वो रिश्ता, जो एक ट्रक ड्राइवर अपने ट्रक से बना लेता है। हाईवे पर चलते वक़्त एक भरोसा-सा मिलता है, कोई है, जो साथ चल रहा है।

ज़िंदगी भी तो हाईवे ही है न।

कई बार हमारे दरम्यान ऐसे रिश्ते दिखते हैं, जो इसलिए बन जाते हैं क्योंकि हम उनमें अक्स ढूँढ़ लेते है। अपने भूत, वर्तमान और भविष्य के अक्स। और इन्हीं को क़िरदार बनाकर हम नाम दे देते हैं। टेडी, टॉमी, पूशी ये सारे आम नाम हैं, ऐसे ही क़िरदारों के।

ये कहानी है मीरा, बागड़ सिंह और गुटर परिवार की। मीरा के कमरे की खिड़की के ठीक बाहर गुटर परिवार ने घोंसला बना लिया था। गुटर परिवार का मुखिया एक कबूतर था, मीरा ने उसका नाम लाल साहब रखा था, लाली उनकी पत्नी थीं, जिन्होंने दो छोटे-छोटे अंडे दिए थे। चंगू और मंगू। बागड़ सिंह एक आवारा बिल्ला था जिसकी नज़र कई दिनों से गुटर परिवार पर टिकी हुई थी। कितनी बार तो मीरा ने बागड़ सिंह को झाड़ू से मार-मार कर भगाया था।

मीरा शिमला की रहने वाली थी, दिल्ली में पढ़ाई हुई और मुंबई में नौकरी। एक मल्टीनेशनल कंपनी में काम करती थी, अच्छा कमाती थी

और अकेले रहती थी। एक खुद्दार और इज़्ज़तदार वर्किंग वुमन थी मीरा। कोई ख़ास दोस्त-रिश्तेदार नहीं थे मुंबई में, तो ख़ुद ही आसपास की चीज़ों से रिश्ता बना लेती थी। कुछ नाम भी दे देती थी जानवरों को, परिंदों को, खिलौनों को। अकेले रहना कोई आसान काम थोड़े न है।

उन दिनों मीरा के घर में कुल मिलाकर वह ख़ुद और गुटर परिवार रह रहे थे। बागड़ सिंह बिन बुलाए मेहमान की तरह आ जाता और मीरा लात-जूतों से उसकी मेज़बानी करती। ढीठ था पर बागड़ सिंह, कितनी मार खाता था पर फिर खिड़की पर ताक लगाते दिख जाता था।

लाल साहब ने भी तो कमाल ही किया था। घोंसला भी ऐसा बनाया कि मीरा की खिड़की सील हो गई। अगर कोई खिड़की ज़बरदस्ती खोलने की कोशिश करता, तो गुटर परिवार अपने घोंसले समेत तीसरे माले से नीचे पहुँच जाता और चंगू-मंगू के टुकड़े हो जाते, पैदा होने से पहले ही। बालकनी और खिड़की सटे-सटे थे जहाँ से बागड़ सिंह बैठकर घात लगाने की कोशिश करता रहता। यूँ तो खिड़की बागड़ सिंह की पहुँच से दूर ही लगती थी, पर क्या भरोसा, जोश में आकार बागड़ सिंह कुछ भी कर सकता था।

यहाँ घर में बागड़ सिंह ने गुटर परिवार का जीना हराम कर रखा था, वहाँ ऑफ़िस में बॉस ने मीरा की नाक में दम कर रखा था। बागड़ सिंह को अंडे चाहिए थे और बॉस को नंबर। मीरा का क्यूबिकल बॉस के क्यूबिकल से बिलकुल लग कर ही था, ठीक वैसे जैसा मीरा के घर की खिड़की से बालकनी। दोनों जगह अलग-अलग बागड़ सिंह ताक में बैठे रहते थे।

और उस दिन तो बॉस ने हद ही कर दी, जब मीरा ने दो दिनों की छुट्टी की अर्ज़ी दी। क्या ही जाता बॉस का अगर छुट्टी दे भी देता तो। वैसे भी मीरा ने सारा काम अप-टू-डेट तो रखा ही था।

"बड़े साहब का ईगो भी तो बड़ा होता है!" उबलती हाँड़ी-सी बुड़बुड़ाकर कर रह गई मीरा।

सवाल सिर्फ़ छुट्टी का नहीं था, अगर मीरा न हो ऑफ़िस में तो काम कौन करेगा। बॉस और बॉस के बॉस और उनके बॉस क्या करेंगे। काम किससे करवाएँगे। स्ट्रेटेजी एक्ज़ीक्यूट कैसे होगी। स्ट्रेटेजी के इनपुट्स कहाँ से आएँगे। उसके आउटपुट कहाँ जाएँगे। उनकी रिपोर्ट कौन बनाएगा। और

सबसे ज़रूरी, ग़लतियों की ज़िम्मेदारी कौन लेगा।

कई सारे सवाल थे, जिनके जवाब में मीरा की छुट्टी कैंसिल हो गई थी।

जब शाम को घर लौटी, तो ग़ुस्से से तप रही थी। एक बार तो जी में आया कि पेपर डाल दे। ऐसी वाहियात-सी नौकरी के साथ-साथ बॉस को भी लात मार दे। ऐसे ख़्यालात पहले भी कई बार आ चुके थे, पर आज ग़ुस्सा उफ़ान मारता हुआ ख़तरे के निशान से कई फुट ऊपर बह रहा था। ग़ुस्सा ठंडा करने के लिए मीरा खिड़की की तरफ़ गई, सोचा खिड़की खोलकर ठंडी हवा के दो-चार झोंके खाए जाएँ। फिर अचानक लाल साहब और गुटर परिवार का ख़्याल आया और मीरा रुक गई। बस थोड़ी-सी देर के लिए ग़ुस्सा भूल गई। ऐसे मौक़ों पर गुटर परिवार ने बहुत साथ दिया था मीरा का।

खिड़की के पास तो खड़ी ही थी, कुछ चूँ-चूँ की हल्की-सी आवाज़ आ रही थी। खिड़की के पल्लों पर कान लगाकर सुना तो आवाज़ और साफ़ आने लगी। मीरा लगभग भागती हुई बालकनी में आई और खिड़की पर देखने लगी। चंगू-मंगू, दोनों अपने अंडों के खोल उतार चुके थे। लाल साहब और उनकी पत्नी लाली कितने ख़ुश दिख रहे थे। और वो नटखट चंगू-मंगू चूँ-चूँ कर रहे थे। मीरा दौड़ते हुए किचन से एक प्याला पानी और कुछ दाने ले आई और बालकनी की रेलिंग पर रखकर अंदर अपने कमरे में चली गई।

ऑफ़िस से आकर अभी न तो हाथ-मुँह धोए थे, न ही कपड़े बदले थे, पर लैपटॉप खोल कर बैठ गई। ऑफ़िस का नहीं, पर्सनल लैपटॉप। पूरे दो घंटे लगाए उसने अपनी नई CV बनाने में और उसे नौकरी की तमाम वेबसाइट्स पर अपलोड कर दिया। दो चार पॉपुलर एप्स भी फ़ोन में डाउनलोड कर लिए। फिर मुँह-हाथ धोकर, कपड़े बदले। खाना खाया, गाने सुने। और तो और, ग़ुस्सा उतारने के लिए शीशे के सामने बैठकर थोड़ा मेकअप भी किया। नाख़ूनों से पुराने रंग छुड़ाए, नए रंग लगाए। पर कोई फ़ायदा नहीं हुआ। ग़ुस्सा उतर ही नहीं रहा था।

फिर मीरा वापस फ़ोन पकड़कर बैठ गई, नौकरी के एप्स खोले और एक के बाद एक दर्जनभर नौकरियों में अप्लाई करती चली गई। तभी बालकनी से हल्की-सी आवाज़ आई। बागड़ सिंह बालकनी के चक्कर लगा रहा था।

'इस बदमाश बिल्ले को कैसे पता चल गया चंगू-मंगू के बारे में?' मीरा ने सोचा। चंगू-मंगू अब भारी मुसीबत में थे। मीरा भी तैयार थी। बिना शोर किए बालकनी के दरवाज़े तक आई और दरवाज़े के हलके-से दर्रे से झाँकने लगी। बागड़ सिंह वहीं था, बालकनी में इधर-उधर कर रहा था, घोंसले तक पहुँचने की साज़िश रच रहा था। मीरा उसकी सारी हरकतें देख रही थी और बागड़ सिंह मीरा से अनजान था। मीरा ने हाथ में बाथरूम का वाइपर पकड़ा हुआ था, वाइपर के डंडे की पकड़ मज़बूत होती जा रही थी और मीरा की आँखें दर्रे से झाँकती हुई मौक़ा ढूँढ़ रही थीं। मीरा का दिल बड़े ज़ोरों से धड़क रहा था, बहुत डर लग रहा था उसे।

'बागड़ सिंह ने अगर हमला कर दिया तो?'

'नहीं-नहीं! अभी चंगू-मंगू को बचाना बहुत ज़रूरी है!'

मीरा सोच ही रही थी कि बागड़ सिंह मीरा की रेंज में आकर खड़ा हो गया। अब बस दरवाज़ा खोलना था और बागड़ सिंह पर हमला करना था।

मीरा की नसें फूल गईं। एक झटके में उसने दरवाज़ा खोला और वाइपर का डंडा बागड़ सिंह पर दे मारा। बागड़ सिंह बड़ा फुर्तीला निकाला, दरवाज़ा खोलते ही भाँप गया था। पर भागते-भागते एक ज़ोर की चपत खा ही गया।

मीरा की धड़कनें धीरे-धीरे शांत होने लगीं। वाइपर टूटकर बालकनी में बिखर गया था। बागड़ सिंह जान बचाकर भाग गया। लाल साहब ने पूरे गुटर परिवार को अपने पंखों में घेर रखा था। मीरा ने लाल साहब की तरफ़ देखा। उनके पंखों से चंगू-मंगू झाँक रहे थे। लाली डरी-सहमी सी बग़ल में खड़ी थी। पूरा परिवार एकटक मीरा को देख रहा था, मानो थैंक-यू बोल रहा हो। मीरा थोड़ी देर वहीं खड़ी रही, फिर वापस अपने कमरे में आ गई। उसका ग़ुस्सा शांत हो गया था। बागड़ सिंह को भी सबक़ मिल चुका था। कुछ दिनों के लिए तो उसका दिमाग़ ठिकाने लगा दिया था मीरा ने।

अगले दिन जब मीरा ऑफ़िस में काम कर रही थी, उसके फ़ोन की घंटी बजी। एक नामचीन कंपनी से कॉल था, जॉब के लिए। मीरा फ़ोन लेकर सीढ़ियों के पास लपकी। ऑफ़िस में सीढ़ियों के पास वाली गली में अक्सर दो-चार लोग दिख जाते थे, ''टेल मी अबाउट योरसेल्फ' का जवाब देते हुए।

मीरा ने भी उस दिन वही किया। टेलीफ़ोनिक इंटरव्यू फट से पूरा हो गया और अगले राउंड के इंटरव्यू के लिए मीरा को दो दिन बाद का टाइम दे दिया गया। इंटरव्यू कंपनी के ऑफ़िस में होना था, इसलिए मीरा को इंटरव्यू वाले दिन की छुट्टी चाहिए थी। अभी कल ही उसकी छुट्टी कैंसिल हुई थी, फिर छुट्टी के लिए अप्लाई करती तो कहाँ से मिलती।

'ये इंटरव्यू मैं मिस नहीं कर सकती। इतना अच्छा मौक़ा पहले दिन ही मिल रहा है, इंटरव्यू तो देना ही पड़ेगा। मुझे कोई और प्लान बनाना होगा छुट्टी लेने के लिए।' मीरा ने मन ही मन सोचा।

इंटरव्यू वाले दिन सुबह-सुबह मीरा ने बॉस को फ़ोन पर मैसेज भेज दिया कि उसे बहुत तेज़ बुख़ार है और वो ऑफ़िस आने के हालत में नहीं है। बीमारी पर किसका कंट्रोल है। फिर HR और पॉलिसी नाम की भी तो कोई चीज़ होती है। ऐसे कैसे मना करते बॉस।

"ओके। टेक केअर" लिखकर भेज दिया बॉस ने।

मीरा ने मैसेज देखा और मुस्कराई। हल्की-सी आज़ादी का एहसास हुआ उसे। बहुत हल्की-सी आज़ादी का।

पूरी रात उसने इंटरव्यू की तैयारी की थी और अब मोटिवेशन के लिए गाने सुन रही थी और फ्रूट सलाद खा रही थी। इधर-उधर टहल रही थी, अपने घर में चक्कर लगाते लगाते बालकनी तक गई। गुटर परिवार मीरा के इस्तक़बाल को खड़ा हो गया। मीरा ने भी लाल-साहब को देखा और गुड मॉर्निंग कहा। उस रात के बाद अभी तक बागड़ सिंह ने आने की जुर्रत नहीं की थी। किचन से पानी का कटोरा और कुछ दाने लाकर मीरा ने बालकनी की रेलिंग पर रख दिया।

मीरा इंटरव्यू के लिए कंपनी के ऑफ़िस ठीक वक़्त पर पहुँच गई। उस दिन कुल तीन राउंड इंटरव्यू हुए, हरएक राउंड काफ़ी लंबा था। आख़िरी इंटरव्यू में जब सैलरी और जॉइनिंग डेट के बारे में बात होने लगी, तो मीरा समझ गई कि अब सबकुछ अच्छा ही होने वाला था। कंपनी के HR ने बहुत ज़ोर मारा कि जॉइनिंग डेट जल्दी करा ली जाए, पर मीरा अपने नोटिस पीरियड पर अड़ी रही। वो अपने बॉस, HR और पॉलिसी को बख़ूबी जानती थी।

"थैंक यू फॉर योर टाइम मीरा, वी विल गेट बैक टू यू," HR रिप्रजेंटेटिव

ने कहा और भरोसा जताया कि अगर सबकुछ ठीक रहा तो ऑफर लेटर दो-तीन दिनों में भेज दिया जाएगा।

इंटरव्यू के बाद मीरा सीधे शॉपिंग मॉल में गई। पहले तो उसने फ़ूड-कोर्ट के रेस्तराँ में जमकर खाना खाया, फिर अपने लिए एक प्यारी-सी ड्रेस और दूसरी रोज़मर्रा की चीज़ें ख़रीदीं। कितना मज़ा आ रहा था उसे शॉपिंग करने में उस दिन। ऐसे तो मज़ा आता ही था, पर पता नहीं आख़िरी बार इतनी ख़ुशी कब मिली थी शॉपिंग में। घर लौटते हुए रास्ते की दुकान से एक मिट्टी का प्याला भी ख़रीदा मीरा ने। बड़ा सुंदर प्याला था, कुछ नक़्क़ाशी जैसी चीज़ें थीं और कुछ रंगीन छपे हुए फूल भी थे। ये प्याला गुटर परिवार के लिए था। घर लौटकर मीरा ने उसे बालकनी के रेलिंग पर रख दिया और ताज़ा पानी भर दिया।

अगले दो-दिन ऑफ़िस और घर में एक अलग-सी ख़ुशी वाली बेचैनी लगी रही। मीरा बार-बार अपने इनबॉक्स को देखती, कहीं कोई ईमेल तो नहीं आया। फिर तीसरे दिन ईमेल आ ही गया, मेल के अटैचमेंट में ऑफर लेटर था। आधे घंटे तक पूरे इत्मीनान से मीरा ने ऑफर लेटर, टर्म्स एंड कंडीशंस और बाक़ी डिटेल्स पढ़ी, फिर उठकर ख़ुद के लिए चाय बनाई। फिर वापस आकर लैपटॉप पर टाइप करने लगी, अपना इस्तीफ़ा। वो वीकेंड बड़ी ख़ुशी में बीता, मन ही मन एक तैयारी भी चलती रही, बॉस के पहले सवाल से HR के एग्ज़िट इंटरव्यू के जवाब तक की।

मंडे को बॉस को झटका लगा, मीरा के ईमेल को पढ़कर। ऐसा कि जैसे बॉस ने कभी सोचा ही नहीं हो कि मीरा ऐसा कर सकती थी। ऑफ़िस में हलचल शुरू हो गई थी। दो-चार लोगों को पता चल गया और खुसर-पुसर चालू हो गई।

मीरा आज बड़े आराम से बैठी थी अपने क्यूबिकल में। आज तो उसके पास सोचने की भी फ़ुरसत थी और ईयर फ़ोन पर गाने सुनने की भी। अपनी कुर्सी पर बैठे-बैठे मीरा सोचने लगी,

'कितने मासूम होते हैं न बॉस, कुछ पता ही नहीं होता इनको। हुह! आज कितनी प्यारी, कितनी ज़रूरी हो गई हूँ मैं। मुझसे ऐसे बात की जा रही है जैसे ये कंपनी मेरे बिना चल ही नहीं सकती। कितना दिखावटी इमोशनल

ड्रामा है!'

बॉस लोगों के दिन का काफ़ी हिस्सा मीरा को मनाने में निकल गया। मीरा नहीं मानी। अगले दिन HR डिपार्टमेंट का पूरा दिन मीरा को मनाने में निकल गया। मीरा नहीं मानी। फिर क्या होना था, नोटिस पीरियड शुरू हो गया।

बड़ा अजीब-सा वक़्त होता है, नोटिस पीरियड। HR पॉलिसी गिनाते हैं, फाइनेंस डिपार्टमेंट पैसे, बॉस अपनी सारी खुन्नस निकालता है और ऑफ़िस के साथी दर्द।

"अच्छा किया तूने, इस जहन्नुम से निकलकर।"

"हमें भी याद रखना। जहाँ जा रही हो, हमें भी बुला लेना।"

"मैं भी कब से सोच रहा हूँ। नौकरी भी ढूँढ़ रहा हूँ। मिलते ही पेपर इनके मुँह पर मारूँगा।"

ऐसे-ऐसे लोग मिल रहे थे मीरा से, बातें कर रहे थे, जिन्होंने शायद ही बात की हो उससे कभी। उनकी हीरो थी मीरा आजकल और बॉस की सबसे बड़ी दुश्मन। नोटिस पीरियड में जीना दूभर कर दिया था बॉस ने। मीरा बड़ी ईमानदारी से काम करती दिनभर, फिर बड़ी ईमानदारी से निकल जाती शाम को ऑफ़िस का वक़्त होने पर। चाहे काम हो, या न हो।

शाम का सारा वक़्त अब ख़ुद का था और गुटर परिवार का। चंगू, मंगू को हर रोज़ थोड़ा-थोड़ा बढ़ता हुआ देख रही थी मीरा। अब तो उनके पर भी निकल आए थे। एक-दो बार बागड़ सिंह भी दिखा चक्कर लगाते हुए, पर दूर से मीरा को देखते ही दुम दबाकर भाग जाता।

ऑफ़िस में भी हर रोज़ कुछ न कुछ नई चीज़ें होती रहतीं। अब HR डिपार्टमेंट चक्कर लगवा रहा था। बेसिक, नॉन-बेसिक, फलाँ डिडक्शन में उलझी थी मीरा। उसकी तनख्वाह का एक बड़ा हिस्सा किसी पॉलिसी के भेंट चढ़ने वाला था। मीरा ने बहुत ज़ोर लगाया, काफ़ी बहस भी हुई। पर ऑफ़िस के आख़िरी दो दिन में क्या ही कर सकती थी मीरा। ऑफ़िस वालों ने दिन में उसका फुल एंड फाइनल कर दिया और शाम को उसका फेयरवेल केक भी काट दिया था। थोड़े ग़ुस्से में, थोड़ी ख़ुशी में और बहुत थोड़े-से जज़्बातों में मीरा ने अपनी डेस्क, कुर्सी को विदा कहा।

शाम को जब घर लौटी, तो उसने देखा बालकनी में कुछ पंख बिखरे पड़े थे। बागड़ सिंह ने चंगू का शिकार कर लिया था। पानी का प्याला रेलिंग से गिरकर टूट गया था, शायद बागड़ सिंह ने रेलिंग से छलाँग मारी हो।

मंगू दूर सुरक्षित उड़ गया था। मीरा की खिड़की से लाल साहब का घोंसला उजड़ गया था। लाल साहब अपनी पत्नी के साथ तिनके चुन रहे थे और सामने वाले घर की खिड़की में घोंसला बना रहे थे। ऐसा लग रहा था मानो लाल साहब को चंगू का ग़म तो था, पर मंगू की ख़ुशी भी थी।

"और घोंसले होते ही हैं उजड़ने के लिए और फिर से बनने के लिए।" लाल साहब, तिनके चुनते हुए लाली को समझा भी रहे थे शायद।

मीरा ने खिड़की पूरी खोल दी। शाम की रोशनी और ठंडी हवा दोनों कमरे तक आ रही थी।

घर की बात

आजकल पचीसों चैनल हैं जिन पर फ़िल्में आती रहती हैं। टीवी चौबीसों घंटे चलने वाला बाइस्कोप हो गया है। किसी भी खिड़की से झाँककर देख लें, आपके पसंद की कोई न कोई चीज़, किसी न किसी खिड़की में दिख ही जाएगी।

बात उन दिनों की है, जब सप्ताह में एक-दो फ़िल्में ही आती थीं टीवी पर। किसी मुहूर्त की तरह हम सब इंतज़ार करते थे फ़िल्म वाले दिन का। कई बार तो जब कोई सुपर-डुपर हिट फ़िल्म आने वाली होती, तो बड़े भाई घर पर बैटरी बैकअप का भी बंदोबस्त कर लेते। बिजली चली जाए और हम फ़िल्म न देख पाएँ, ये एक्सपीरियंस बड़ा दर्दनाक होता है। फ़िल्म के देखे हुए सीन घंटों दिमाग़ में गूँजते हैं और न देखे हुए क्लाइमेक्स के सीन दिल में कचोटते हैं।

फ़िल्मों के बीच में विज्ञापन भी आते रहते थे, कई सारे। तीन घंटे की फ़िल्म खिंचकर चार घंटे की हो जाती थी। अगर हिट फ़िल्म होती तो और ज़्यादा विज्ञापन। विज्ञापन वाला वक़्त लोगों के टॉयलेट जाने का अंतराल होता था। चूँकि घर में एक ही टॉयलेट था, तो हम बारी-बारी से टॉयलेट-ब्रेक बुक कर लेते थे। ''इस ब्रेक में मेरा नंबर, अगले ब्रेक में तेरा।''

पूरा परिवार एक साथ टीवी के सामने अपने पसंद की जगह, कुर्सी या सोफ़ा रिज़र्व कर लेता। पिताजी की जगह हमेशा रिज़र्व रहती, एक अनकही अंडरस्टैंडिंग थी इस बात की। और माँ की कोई जगह रिज़र्व नहीं थी। हम

एडजस्ट कर लेते थे।

माँ हर फ़िल्म को रुक-रुक कर देखती थी। थोड़ा-थोड़ा हर बार। टीवी पर जब फ़िल्म आती, तो पूरा परिवार बैठकर देखता एक बार, एक साथ और माँ देखती थी नवाले-नवाले।

हम सब बैठकर बड़े इत्मीनान के साथ फ़िल्म देखते और वो चलते-फिरते, ताकते-झाँकते, थमाते-पकड़ाते देखती। कई बार तो किचन से भी झाँकने की कोशिश करती और फ़िल्म न समझ में आए तो बाद में आकर पूछ भी लेती। "अच्छा! इस सीन के बाद क्या हुआ? हीरो के बाप को पता चल गया क्या? किसने छुपकर उनकी बातें सुन लीं?"

मुझे खीझ होती अक्सर, मैं चाहता था कि वो भी हमारे साथ ही बैठकर पूरी फ़िल्म देखे। हर बार जब हीरो विलेन की लड़ाई का माहौल बनता नज़र आता, किसी को चाय की तलब हो आती। माँ किचन चली जाती चाय बनाने। पूरे तीन घंटे मैं इंतज़ार करता था इस पल का जब हीरो विलेन की पिटाई करे। कितना मज़ा आता था। बदन में ख़ून की रफ़्तार बढ़ जाती थी। एक जोश आ जाता था, दिलो-दिमाग़ में।

और माँ! कैसे छोड़ सकती थी ये वाला सीन।

यूँ ही कभी डिनर का वक़्त हो जाता, माँ खाना लगाने लगती टीवी के सामने। कभी दूध उबाल मार जाता। कोई था या कोई वजह थी, जो माँ को पूरी फ़िल्म देखने नहीं देती। मुझे लगा, पिताजी ही थे हर बार चाय की तलब वाले!

'कैसे तो हो आप पापा! आपके दफ़्तर में शाम को छुट्टी हो जाती है। आप टीवी देखते हो, किताबें पढ़ते हो, अपनी फ़ुरसत में। मैंने माँ को कभी फ़ुरसत में नहीं देखा। एक बार, एकमुश्त किसी तीन घंटे के लिए!' मैं सोचकर रह जाता था।

माँ ने कभी कोई कोताही नहीं दिखाई। मुझे पूरा यक़ीन है, माँ ने कभी सोचा भी नहीं होगा ऐसा। उसे तो शायद ख़ुशी मिलती थी आधी-आधी फ़िल्में देखने में। उसका शौक़ हो मानो वक़्फ़े-वक़्फ़े में टीवी देखना, जैसे पिताजी किताबें पढ़ते थे, क़तरे-क़तरे में।

मैं आज बड़ा हो गया हूँ। दफ़्तर भी जाता हूँ। शाम को टीवी चलाकर

कोई अच्छी फ़िल्म लगा लेता हूँ। पचीसों चैनल हैं, एक न एक चैनल पर अच्छी फ़िल्म मिल ही जाती है। मेरी पत्नी बग़ल में साथ बैठ जाती है। हम मिलकर फ़िल्म देखते हैं।

मुझे घंटे-दो घंटे में चाय की तलब हो जाती है। और वो भी देखती है फ़िल्में रुक-रुक कर।

वतन वतन वतन

मेरे घर की बग़ल में ख़ान साहब रहते हैं। मैं बड़ी इज़्ज़त करता हूँ उनकी, उनके सामने हमेशा अदब से पेश आता हूँ। अक्सर शाम की चाय मेरे साथ पीते हैं। उम्र में काफ़ी बड़े हैं और काफ़ी तजुर्बेकार इंसान भी। चाय के दौरान कोई न कोई क़िस्सा ज़रूर सुना देते हैं। उनकी ज़्यादातर कहानियाँ बड़ी हल्की-फुल्की, पर गहरी होती हैं। एक बार उन्होंने एक तोते का क़िस्सा सुनाया,

"बहुत दिनों पहले एक बहुत बड़ा बादशाह था। ज़मीन में चारों तरफ़ सल्तनत थी उसकी। बादशाह इंसाफ़पसंद और मिज़ाज का बड़ा अच्छा आदमी था। उसके दौर में सारी जनता ख़ुश रहती थी। आदमी तो आदमी, जानवर और परिंदे सब उसका गुणगान किया करते थे।

एक बार एक व्यापारी बादशाह के दरबार में आया। वो अपने साथ बादशाह के लिए एक तोहफ़ा लाया था, एक रंगबिरंगा तोता। बड़ा कमाल का तोता था, इंद्रधनुष के सारे रंग थे उसके पंखों में। पूरे दरबार में उस तोते के चर्चे होने लगे। ख़ुद बादशाह भी उसकी सुंदरता पर मुग्ध हो गए थे। इतना सुंदर पंछी किसी ने कभी नहीं देखा था पहले। बादशाह ने भी नहीं।

बादशाह ने व्यापारी से पूछा, "क्या ये तोता बोलता है?"

व्यापारी ने कहा, "जी हुज़ूर, बोलता तो है, पर ज़बरदस्ती कुछ नहीं बोलता। जब जो दिल में आता है वही बोलता है। वरना चुप ही रहता है। और बड़ा वफ़ादार तोता है, आपकी मर्ज़ी के बिना कहीं नहीं जाएगा।"

बादशाह ने ख़ुशी-ख़ुशी वो तोता रख लिया और उस व्यापारी को ढेर सारा इनाम दिया।

बादशाह ने अपने शाही बाग़ का एक बहुत बड़ा हिस्सा उस तोते के नाम कर दिया। दर्जनभर लोग लगा दिए तोते की ख़िदमत के लिए। तोते के पास सोने की कटोरियाँ थीं, जिनमें वो खाता। उसके पास तरह-तरह के फव्वारे थे, जिनमें वो नहाता। और तो और, बादशाह ने उस तोते के लिए सोने का एक बहुत बड़ा पिंजरा बनवाया। पिंजरा सिर्फ़ नाम का पिंजरा था। इतना बड़ा था कि पूरी दुनिया ही समा जाए उसके अंदर। कई तरह के दरख़्त, फूल, फल और पौधे थे पिंजरे के अंदर। तोते के लिए कमरे भी बने थे पिंजरे में। उसके ऐशोआराम की सारी चीज़ें मौजूद थीं वहाँ।

एक दिन टहलते हुए बादशाह अपने बाग़ में गए। घूमते-घूमते उस हिस्से में भी गए जहाँ तोता रहता था। वो उस महलनुमा पिंजरे के अंदर गए तोते से मिलने के लिए। तोता एक कोने में झूले पर बैठा था और बोल रहा था, "वतन, वतन, वतन!"

"तुम कैसे हो प्यारे तोते?" बादशाह ने तोते से पूछा।

"वतन, वतन, वतन!" तोते ने कहा।

"तुम्हारी ख़ातिरदारी में कोई कमी तो नहीं?"

"वतन, वतन, वतन!"

बादशाह कुछ भी कहते, कुछ भी पूछते, उसका एक ही जवाब मिलता, "वतन, वतन, वतन!"

बादशाह को लगा कि कोई कसर रह गई थी, शायद तोते को थोड़ी और आज़ादी चाहिए थी। पिंजरे को खोल दिया गया। अब पूरा शाही बाग़ तोते के नाम था। किसी भी फल के पेड़ पर बैठकर वो जितने चाहे फल खा सकता था। साफ़ पानी के दो दरिया भी थे शाही बाग़ के अंदर, जिन पर अब पूरा हक़ उस तोते का था। जितना चाहे पी ले, जितना चाहे नहा ले।

कुछ दिनों के बाद बादशाह फिर गए बाग़ में। तोता दिखा एक पेड़ की डाल पर बैठा हुआ।

"उम्मीद है तुम्हें नया बंदोबस्त पसंद आया होगा?" बादशाह ने पूछा।

"वतन, वतन, वतन!"

बादशाह ने कुछ नहीं पूछा फिर। वहाँ से चले गए। अपने महल में पहुँचकर अचरज में पड़ गए, सोचने लगे,

"कैसी अजीब रट है वतन जाने की? कैसा वतन है इसका?

मेरे बाग़ से भी ख़ूबसूरत?

कहीं जन्नत का ही पंछी तो नहीं?

या जन्नत जैसी किसी जगह से आया हो?

मुझे ज़रूर देखनी चाहिए ऐसी जगह।"

बादशाह ने हुक्म दिया कि उस तोते को आज़ाद कर दिया जाए और वो जहाँ जाए, जाने दिया जाए। तोता ये सुनकर बड़ा ख़ुश हुआ, बादशाह को सलाम करके फुर्र से उड़ गया। बादशाह तोते के वतन के बारे में जानना चाहते थे, इसलिए उन्होंने ख़ुद अपने घोड़े पर बैठकर तोते का पीछा किया।

तोता नदी-नाले पर करता हुआ जंगली झाड़ियों से गुज़रा। जहां सिर्फ़ कीकर होते थे, दूर-दूर तक फलों का कोई भी पेड़ नहीं था। फिर तोता धूलभरे मैदान से गुज़रा, बादशाह के भी सारे कपड़े गंदे हो गए। एक ऐसी जगह पर पहुँचकर तोता ज़मीन पर उतर गया, जहाँ चावल के खेत थे और एक तरफ़ जंगली बाँस के झुरमुट। झुरमुट के पास ही एक छोटा-सा तालाब था। बारिश का पानी, मिट्टी का पीला रंग लिए इकट्ठा हो गया था उस तालाब में। बाँस की एक फुनगी तालाब के ऊपर तक आ गई थी।

तोता उड़कर उस फुनगी पर जा बैठा। तोते के वज़न से वो फुनगी झूलने लगी। तोता वहीं बैठे-बैठे एक बार तालाब की डुबकी लेता, फिर बाहर निकल आता। फिर डुबकी लेता, फिर बाहर निकल आता।

"मेरा वतन, मेरा वतन, मेरा वतन!" ख़ुशी से चिल्ला रहा था तोता।

और बादशाह ने चुपचाप, बिना शोर किए अपने घोड़ा मोड़ लिया।"

ख़ान साहब ने कहानी ख़त्म की और ख़ामोश हो गए। चाय की चुस्कियाँ लेने लगे। यूँ तो वो बड़े इत्मीनान से चाय पीते हैं, पर उस दिन बड़ी जल्दी-जल्दी चाय ख़त्म की और दुआ-सलाम करके चले गए।

ख़ान साहब ने बताया था, वो बनारस से हैं। उनका आधा परिवार बनारस में ही है, अब भी। बेटे की नौकरी लगी हुई है यहाँ, तो घर से दूर हैं। बेटे और बहू के साथ।

सारी सहूलियतें हैं यहाँ पर उनके पास। बेटा अच्छी नौकरी करता है, अच्छा कमाता है। मिज़ाज का भी बड़ा अच्छा लड़का है। बाप की पूरी इज़्ज़त करता है। उनकी सेहत की ख़ातिर हर महीने पूरा हेल्थ चेकअप करवाता है। घर के सारे कमरों में AC लगवा रखे हैं। किसी चीज़ की कोई कमी नहीं है।

और बहू! वो तो बेटी है बेटी। ख़ान साहब की अपनी बेटी भी इतनी ख़िदमत नहीं करती शायद। एक काम नहीं करने देती है उनको और उनकी हर छोटी-छोटी ज़रूरत का ध्यान रखती है।

ख़ान साहब कभी-कभी पिंजरे से बाहर निकल आते हैं। आस पड़ोस में घूमते हैं। ज़ोर-ज़ोर से सोचते रहते हैं,

"वतन, वतन, वतन!"

मुझे साफ़-साफ़ सुनाई देती है उनकी आवाज़।

लाल रंग

दिल्ली के आउटर रिंग रोड और हौज़ ख़ास को जोड़ने वाली सड़क पर भारी ट्रैफ़िक जाम लगा हुआ था। कोई नई बात तो थी नहीं। उन बच्चों के लिए भी नहीं जो अक्सर ट्रैफ़िक सिग्नल्स पर अधनंगे दिख जाते हैं। हाथों में कभी किताबें, कभी फूल लिए लपकते हैं लग्ज़री कारों पर, जैसे ही वो सिग्नल पर रुकती हैं। ट्रैफ़िक सिग्नल के हरे से लाल होते ही धंधे का वक़्त शुरू हो जाता और तब तक चलता जब तक वो वापस हरा नहीं हो जाता। लाल भगवान का रंग है। भगवान ही सबको चलाता है, रोकता है। ठीक इस ट्रैफ़िक सिग्नल की तरह।

अनु उसी ट्रैफ़िक में फँसी थी उस दिन। इंतज़ार में कि कब वो हरा हो जाए। हाथ-पाँव, गियर-एक्सीलरेटर पर हरक़त के लिए बिलकुल तैयार। इस तैयारी में बदन अकड़ जाता था उसका और चेहरा पत्थर-सा बन जाता था। मानो ग़ुस्सा हो सबसे।

ट्रैफ़िक में फूल बेचने वाले बच्चों की नज़र कमाल की होती है। उन्हें पता होता है किसे ख़रीदने के लिए कहना है, किसे नहीं। कितना कहना है और कब आगे बढ़ जाना है। आख़िर मुख़्तसर-सा ही तो वक़्त मिलता है एक हरे सिग्नल से दूसरे हरे सिग्नल के दरम्यान।

एक दस-ग्यारह साल की लड़की हाथों में लाल गुलाबों का गुलदस्ता लिए अनु के कार की तरफ़ बढ़ी। थोड़ा नज़दीक पहुंची तो मैडम की शक्ल दिखी। लड़की को फ़ौरन पता चल गया, यहाँ दाल नहीं गलने वाली। वो उल्टे

पाँव दूसरी कार की तरफ़ मुड़ने लगी।

"ऐ लड़की! सुनो! इधर आओ!" अनु ने उसे आवाज़ दी।

लड़की अनु के सामने आकर खड़ी हो गई। अनु ने उसकी शक्ल देखी। चेहरे पर गर्द की एक पपड़ी-सी जमी हुई थी और नाक बह-बह कर जाम हो गई थी। लड़की थोड़ी-थोड़ी देर में साँस लेने के लिए अपनी नाक पर ज़ोर देती और एक 'सुड़' की अजीब-सी आवाज़ निकालती। अनु ये झेल नहीं पाई और उसने नज़र गुलाब के गुलदस्तों के तरफ़ मोड़ ली।

"क्या नाम है तुम्हारा?"

"पारो।" लड़की ने जवाब दिया।

अनु ने दो-चार गुलाब के फूल खरीदे और पारो को पैसे दिए। पारो ने नोट को मोड़कर अपने छोटे-से थैले में डाल लिया, जो उसकी कमर से झूल रहा था।

नोट भी अजीब चीज़ हैं, कितना भी मोड़ दो, मरोड़ दो, गंदा कर दो, लोगों को भा ही जाते हैं। कोई फ़र्क़ नहीं करता, एक गंदे नोट में और एक साफ़ नोट में। बाज़ार के लिए सब बराबर हैं।

"लो, दस रुपए और रखो। चॉकलेट ले लेना!" अनु ने पारो को एक और दस रुपए का नोट दिया। इस नोट का भाव बाज़ार में ज़्यादा हो शायद। इसने पारो चेहरे पर मुस्कान ला दी थी।

ट्रैफ़िक सिग्नल फिर से हरा हो गया। इस बार अनु का चेहरा पत्थर-सा अकड़ा नहीं था। उसने फूलों को बग़ल वाली सीट पर रखा और धीमे से गाड़ी आगे बढ़ाई।

अनु दिल्ली के एक बड़े बिज़नेस हाउस में CSR मैनेजर थी। CSR-Corporate Social Responsibility, एक डिपार्टमेंट है, जो बड़ी-बड़ी कंपनियों में सामाजिक कल्याण के काम देखता है। कई कंपनियों के CSR डिपार्टमेंट्स वाक़ई अच्छा काम करते हैं और कई बार ये कंपनियों के ऊपरी दिखावे के काम भी आते हैं। अनु अपने काम को बड़ा सीरियसली लेती। वो एक सशक्त महिला थी, खुद्दार भी और काम को लेकर जवाबदेह भी। दफ़्तर घर से कुछ दूर था तो हर रोज़ ख़ुद ही गाड़ी चलाते हुए आना-जाना करती।

अगली सुबह लगभग उसी वक़्त अनु उसी सिग्नल पर फँसी थी। आज

पारो के एक हाथ में पीले गुलाब थे और एक हाथ में एक छोटा-सा बच्चा। अपनी कमर को टेढ़ा कर उसने बच्चे को फँसा रखा था।

पारो अनु के कार के पास आई।

"पाँच गुलाब दे दो आज।"

"मेरे पास पीले गुलाब हैं आज।"

"हम्म, मुझे तो लाल पसंद हैं। कोई बात नहीं, आज पाँच पीले ही दे दो।"

अनु ने पैसे दिए।

"कौन है ये।" अनु ने पूछा।

"मेरा तीसरा, अम्मम, नहीं दूसरा भाई है। दूसरा वाला मर गया पिछले साल। ठंड थी न बहुत!"

"ओह!" अनु ने अफ़सोस जताया। पर लगा कि पारो को इसकी ज़रूरत ही नहीं थी। उसे फ़र्क़ नहीं पड़ा।

"तुम स्कूल जाती हो ?" अनु ने पूछा।

पारो ने अनु को देखा और कुछ नहीं कहा।

अनु को जवाब मिल गया था शायद। उसे थोड़ी शर्मिंदगी भी हुई अपने सवाल पर। कल की तरह ही आज भी अनु ने पारो को दस रुपए ऊपर से दिए और दफ़्तर चली गई।

अब ये लगभग हर रोज़ का क़ायदा बन गया था, अनु का ट्रैफ़िक सिग्नल पर गुलाब ख़रीदने के लिए रुकना। पारो भी कोशिश करती कि वो सबसे अच्छे फूल अनु के लिए बचाकर रखे।

फिर अचानक एक दिन पारो ने ट्रैफ़िक सिग्नल पर आना बंद कर दिया।

"चार-पाँच दिन हो गए पारो को देखे। पता नहीं कहाँ होगी! क्या कर रही हो होगी!" अनु का जी घबराने लगा।

अनु ने उस दिन ट्रैफ़िक सिग्नल पर फूल बेचते एक और लड़के से कहा, "पारो को जानते हो ?"

लड़के ने बताया, "पारो की तबियत ख़राब है, वो घर पर ही रहती है अब।"

"पारो का घर देखा है?"

"हाँ!"

"आओ गाड़ी में बैठो।"

लड़का ख़ुशी से उछल पड़ा। शायद पहली बार इतनी महँगी कार में बैठने जा रहा था।

बड़े ध्यान से सीट पर बैठा, डरते हुए कि कहीं अपने हाथों से छूकर सीट न गंदी कर दे। लड़का अनु को रास्ता बताते हुए पास की एक बस्ती में ले गया। छोटी-छोटी झोपड़पट्टियों से भरी पड़ी थी बस्ती। अनु को अपनी गाड़ी सड़क पर खड़ी करके पैदल जाना पड़ा आगे। मैनेजमेंट जारगन और जुमले अनु की आँखों के सामने घूमने लगे। बड़ी उथली-उथली लग रही थीं मैनेज़मेंट की किताबें।

लड़का अनु को एक घर में ले गया। पारो अंदर पड़ी हुई थी। उसने अनु को देखा और खड़े होने की कोशिश की, पर कमज़ोर इतनी थी कि हो न सकी। पारो की माँ बग़ल में ही बैठी थी। अस्थि-पंजर, कंकाल जैसी।

बिस्तर के ऊपर वैसे ही गर्द की पपड़ी जमी थी, जैसी पारो के चहरे पर जमी रहती। एक मच्छरदानी लगी थी बग़ल में, आधी खुली हुई। सुराख़ इतने बड़े थे कि बिल्ली भी बड़े आराम से आ-जा सके। पारो के सिरहाने पर ही इंग्लिश की एक छोटी-सी किताब रखी थी। एक स्लेट-सी थी बग़ल में और कुछ खड़ी-चाक। पारो ने पैसे जोड़कर ख़रीदा था इन्हें।

अनु ने किताब उठाई और कुछ पन्ने पलटे। "वॉट इज़ योर नेम?" अनु ने यूँ ही पूछ लिया।

"माय नेम इज़ पारो, आई एम अ गुड गर्ल। थैंक-यू।" पारो ने रटा-सा जवाब दिया।

अनु की आँखें भर आईं। उसने पारो की माँ से मदद ली और पारो को किसी तरह लादकर अपनी कार तक ले गई। फिर पारो को लेकर वो सीधा अस्पताल गई। पता चला कि उसे डेंगू था। अनु ने उसे अस्पताल में ही एडमिट करा दिया।

अगले चार-पाँच दिन अनु दफ़्तर नहीं गई। उसका स्विट्ज़रलैंड वाला प्रोजेक्ट भी उसके हाथों से जाता रहा। उसके बॉस ने स्वाति को ज़्यादा क़ाबिल

समझा और अब अनु की जगह स्वाति को कंपनी स्विट्ज़रलैंड भेज रही थी, CSR के सर्टिफ़िकेशन के सिलसिले में। एक साल का एडवांस्ड CSR सर्टिफ़िकेशन था, कम ही लोगों को मिल पाता है ये मौक़ा।

लोगों को लगा अनु काफ़ी टैलेंटेड थी, उसे एक चांस मिलना चाहिए था। कुछ लोग तो अफ़सोस करते अनु के पास भी आए। मुँह लटकाए कहा, "बहुत बुरा हुआ!"

पर इस नई अनु को इस बात का कोई अफ़सोस नहीं था। न ही उसे कोई फ़र्क़ पड़ा। वो पारो की तरह मुस्कराई और बातों को अनसुना कर गई।

अगली सुबह अनु अपनी लाल कार चला रही थी। पीछे वाली सीट पर कुछ लाल गुलाब रखे हुए थे। उसकी कार एक स्कूल के सामने रुकी। पारो स्कूल के गेट के सामने उसका इंतज़ार कर रही थी। अनु ने एक गुलाब पारो को दिया। पारो मुस्कराई।

पारो की नाक बह रही थी, अब भी। अनु ने अपने कोट की जेब से एक रुमाल निकाला और एक सेफ्टी-पिन से पारो की यूनिफॉर्म पर लगा दिया। लाल रंग का रुमाल ट्रैफ़िक सिग्नल की तरह नहीं था। किसी को कोई जल्दी नहीं थी।

CSR के सही मायने सीखने के लिए बस ऑफ़िस से निकलकर ट्रैफ़िक सिग्नल तक ही आना काफ़ी था।

कभी मौक़ा मिला तो स्विट्ज़रलैंड भी घूम आएगी अनु छुट्टियों में।

हाफ़ टिकट

मेरे पिताजी बड़े ईमानदार आदमी हैं। सरकारी काम में उम्र काट दी उन्होंने, बड़ी सादगी से।

ये वाक़या तब का है, जब मैं चार-पाँच बरस का बच्चा था। मेरा जन्मदिन आ रहा था और मेरी मौसी ने ज़िद की थी कि जन्मदिन साथ मनाया जाए। मौसी पास के दूसरे शहर में रहती थीं और आने-जाने के लिए कार या ट्रेन दोनों विकल्प खुले थे। मौसी का शहर सुंदर था और हम अक्सर छुट्टियों में वहाँ जाते थे। इस बार मेरा जन्मदिन भी दिवाली की छुट्टियों में पड़ रहा था। मौसी की ज़िद को हवा मिल गई और माँ ने भी पिताजी पर दबाव डाला कि हम छुट्टियों में मौसी के घर हो आएँ। कुछ और रिश्तेदारों से भी बात हुई फ़ोन पर, वो भी मौसी के घर पहुँचने को तैयार हो गए।

मेरे पिताजी ने अपनी पारिवारिक ज़रूरतों के लिए शायद ही सरकारी गाड़ी का इस्तेमाल किया हो। नतीजतन, हमने ट्रेन चुनी। सस्ती और असरदार सवारी। मैंने बचपन में कई बार माँ-बाप के साथ सफ़र किया है ट्रेन में। उन दिनों पाँच बरस से कम उम्र के बच्चों के ट्रेन टिकट नहीं लगते थे। और पाँच से 12 बरस के बच्चों के हाफ़ टिकट लगते थे। बच्चों के साथ सफ़र किए हुए काफ़ी अरसा हो गया मुझे, शायद अब भी हाफ़ टिकट ही लगते हों।

उस दिन पिताजी ने दो टिकट लिए थे ट्रेन के। ज़ाहिर-सी बात है, एक ख़ुद के लिए और एक माँ के लिए। ट्रेन का सफ़र शुरू हुआ और टिकट कलेक्टर आया, पिताजी ने टिकट दिखाया।

“इस बच्चे का?” टिकट कलेक्टर ने पूछा।

“पाँच साल से कम उम्र का है।” पिताजी ने कहा।

“अच्छा!” उसने टिकट पर पेन से दो धारियाँ खींचीं और चला गया।

मौसी के घर में दिन कैसे बीत जाते थे, पता ही नहीं चलता था। मैं अपने मौसेरे, चचेरे भाई-बहनों के साथ दिनभर खेलता रहता और घर के बाहर बाग़ीचे में नई-नई चीज़ें खोजता रहता। मेरे जन्मदिन पर मौसी ने एक खिलौने वाली रेलगाड़ी दी मुझे। उसमें बैटरी लगाकर स्विच-ऑन करना था बस, फिर ट्रेन प्लास्टिक की पटरियों पर सरपट भागती थी। उस दिन मेरी मौसेरी दीदी ने हम सभी बच्चों को एक खेल सिखाया, ट्रेन वाला खेल। मैं ट्रेन चलाने वाला बन गया था और कुछ बच्चे सवार। ठीक-ठीक से खेल अब याद नहीं है, पर मेरा काम इतना था कि मैं ट्रेन को अपनी मर्ज़ी से ऑफ़-ऑन करता था। जहाँ ऑफ़ हो गया वो जगह स्टेशन हो जाती थी। मेरा ममेरा भाई जो मेरी उम्र का था, ‘टिकट-टिकट’ बोलकर टिकट कलेक्टर के क़िरदार में था। जब मन करे, किसी से भी टिकट माँग लेता। काग़ज़ के टुकड़ों पर पेंसिल की चार लकीरों से किसी का भी टिकट बना देता। कितनी ताक़त थी टिकट में, जिसके पास भी नहीं होता था, ट्रेन से उतार दिया जाता था। मुझे बड़ा मज़ा आया था उस दिन ट्रेन वाला खेल खेलकर। मैंने भी एक टिकट बनवाया था। कितना अच्छा लग रहा था टिकट को हाथों में लेकर।

एक सप्ताह बाद जब हम वापस लौट रहे थे, रेलवे स्टेशन पर आदतन पिताजी ने दो टिकट लिए। ट्रेन में टिकट कलेक्टर आया और पिताजी से टिकट माँगा। पिताजी ने टिकट दिखाया। उसने वही सवाल दोहराया, “इस बच्चे का?”

पिताजी ने भी वही जवाब दोहराया, “पाँच साल से कम उम्र है इसकी।”

“अच्छा!” उसने कहा।

“नहीं पापा! मैंने अभी बर्थडे मनाया है। मैं पाँच साल का हूँ।” मैं बीच में ही बोल पड़ा।

टिकट कलेक्टर हँसने लगा। माँ ने भी हँसकर बात टालनी चाही। पिताजी ने भी मुस्करा दिया, मानो समझ नहीं पा रहे हों कि क्या कहें और क्या करें।

टिकट कलेक्टर दो पल के लिए रुका। शायद सोच रहा हो कि क्या कहे। फिर उसने कुछ नहीं कहने का फ़ैसला लिया।

''अच्छा।'' बोलकर जाने लगा। पिताजी ने उसे रोका और एक हाफ़ टिकट बनाने को कहा।

''जाने दीजिए न।'' माँ ने टिकट कलेक्टर से नहीं, पिताजी से कहा।

''नहीं, इसका टिकट भी अब ज़रूरी है।'' पिताजी ने बड़े इत्मीनान से कहा।

मुझे दिख रहा था, माँ मुझसे खीझकर बैठी थी। पिताजी शांत। थोड़ी देर बाद पिताजी टॉयलेट गए।

''बुद्धू!'' माँ ने मुझे उनके जाते ही कहा। फिर मुस्कराने लगी। प्यार से चूमा।

'चलो, लाड़ले ने सच कहा है। अच्छी चीज़ें सीख रहा है।' माँ ने सोचा होगा।

पड़ोस की सीट पर बैठे लोग मुझे देखकर हल्के-हल्के हँस रहे थे। मुझे ख़ुद पर अचरज हुआ और थोड़ी शर्मिंदगी भी। उस दिन मैंने थोड़ी-सी दुनियादारी सीख ली।

पुलक

अभी पिछले सप्ताह ही पुलक ने ज़िद पकड़ी थी नई वाटर बॉटल की। आज एक नई चमचमाती लाल रंग की बोतल उसके गले से लटक रही थी। पीठ पर स्कूल बैग और बदन पर स्कूल की वर्दी पहने पुलक मासूम फ़रिश्ता लग रहा था। अपनी हर ज़िद को अपनी इसी मासूमियत से पूरी करवा लेता था वो।

पुलक हैप्पी-वैली स्कूल में दूसरी क्लास में पढ़ता था। अपनी उम्र के बच्चों की तरह ही वो ज़िद्दी तो था, पर उसे सिर्फ़ ख़ास चीज़ें ही भाती थीं। और बच्चों की तरह दूसरों की चीज़ों से जलता नहीं था, बल्कि उसे तो ऐसी चीज़ चाहिए होती थी जो दूसरों के पास न हो। ख़ास हो।

कुछ दिनों पहले अपने जैसी ही वाटर बॉटल देख ली थी उसने एक बच्चे के पास। फिर क्या था, ज़िद पकड़ ली लड़के ने। सीधा अपनी दादी के पास गया और अपने दिल का हाल कह सुनाया। दादी ही तो थीं, जो उसके दिल की बात पलक झपकते समझ जाती थीं। और दादी ही थीं, जिनका फ़ैसला सबसे ऊपर, सबसे आख़िरी होता था। पुलक ये बात भली-भाँति जानता कि दादी का फ़ैसला परिवार के लिए हुक्म था और पुलक के लिए प्यार का सबूत। एक झटके में नई वाटर बॉटल मिल गई थी उसे।

स्कूल के गेट के अंदर दाख़िल होते ही पुलक के अरमानो को पंख लग जाते थे। जब तक पिताजी के साथ उनकी कार में बैठा रहता, बड़े अदब से रहता, एक चूँ की आवाज़ भी नहीं निकालता था। फिर स्कूल में घुसते ही एक

अलग-सी चंचलता आ जाती थी उसमें। वैसे तो स्कूल में भी अपने सारे काम बड़े सलीके से करता था पुलक, पर दादी के अलावा स्कूल ही ऐसी जगह थी जहाँ पुलक थोड़ा खुल के जीता था। स्कूल की डेस्क को तबला बनाकर हर क्लास के बीच गाने गाता था। काग़ज़ के जहाज़ों में अपने सपनों की सवारी करता। स्टिकर्स और टैटू के कलेक्शन बनाता। और इन सबसे बढ़कर, पुलक हमेशा ख़ुश रहता।

मुस्कराता, मासूम चेहरा तो था ही पुलक का और बोलता भी इतना मीठा कि सामने वाला भी ख़ुश हो उठे। अपने दोस्तों का, टीचर्स का, स्कूल के बाक़ी स्टाफ का, सबका चहेता था पुलक।

स्नेहा, पुलक के क्लास में ही पढ़ती थी। यूँ तो स्नेहा बहुत कम बोलती थी, पर पढ़ने-लिखने में सबसे तेज़ थी। स्नेहा के पेंसिल बॉक्स में दो-चार टॉफियाँ हमेशा रहती थीं। पुलक को क्लास के बीच में टॉफ़ी खाने की आदत जो थी। उसे पुलक के साथ क्लास में बैठना अच्छा लगता था।

बड़े लड़के-लड़कियाँ या कॉलेज के स्टूडेंट्स दोस्ती-प्यार-मोहब्बत के बारे में ज़्यादा समझदार होते हैं। लड़के-लड़कियों के रिश्ते में दोस्ती, प्यार वग़ैरह ढूँढ़ लेते हैं। चीज़ों को सही-ग़लत के तराज़ू में भी तोलते हैं और हर मुद्दे पर नतीजे तक भी पहुँचते हैं। छोटे बच्चों को इतना सबकुछ कहाँ मालूम होता है। उनके लिए चीज़ें सही-ग़लत नहीं होतीं, अच्छी-बुरी होती हैं। जो चीज़ पसंद आ जाए, वो अच्छी। जो पसंद नहीं आए, वो बुरी। वो ज़िंदगी का लुत्फ़ लेने के लिए नतीजों तक इंतज़ार नहीं करते। फिर धीरे-धीरे वक़्त के साथ जैसे-जैसे वो बड़े होते हैं, अपने जज़्बातों के लिए लिफ़ाफ़े बना लेते हैं।

पुलक एग्जाम में, होमवर्क-क्लासवर्क में स्नेहा की मदद लेता, उसके पेंसिल बॉक्स की टॉफ़ी भी खाता, और स्नेहा बस उसके मौजूदगी से ही ख़ुश हो जाती। एक रिश्ता-सा था उनमें, जिसमें दोनों ख़ुश थे। बड़ों की दुनिया शायद इस रिश्ते को ठीक-ठीक समझ न पाए।

एक दिन क्लास में एक नई लड़की आई, तान्या। स्कूल के प्रिंसिपल आए थे उस सुबह, उसे अपने साथ लेकर, पहली बार क्लासरूम दिखाने के लिए। क्लास के दरवाज़े पर खड़ी, छोटी, प्यारी-सी, दिखने में नन्ही परी-सी

लग रही थी तान्या। क्लास के बच्चों ने उसे देखा तो देखते ही रह गए। तान्या में एक ख़ास कशिश थी, जो अपनी तरफ़ खींच रही थी।

उस दिन पुलक ने पहली बार जब तान्या को देखा तो बड़ा अजीब-सा महसूस किया। वो तान्या को देख नहीं पा रहा था, उसे अजीब-सी शर्म आ रही थी। अपने अंदर के जज़्बातों को समझ नहीं पा रहा था नन्हा पुलक। पर यक़ीनन क्लास और क्लास का माहौल बहुत ख़ुशनुमा लग रहा था उसे, तान्या के आ जाने से।

दो-तीन दिन तो यूँ ही बीत गए स्कूल में। सब बच्चों को ये भी पता चल गया था कि तान्या किसी से ज़्यादा बातचीत नहीं करती थी। किसी बड़े बिज़नेसमैन की बेटी थी और अपनी ही दुनिया में मग्न रहती थी। पर पुलक ने महसूस किया जब तक तान्या आसपास रहती, उसे एक सुकून का एहसास होता। पुलक, तान्या से बात करना चाहता था, अपने स्टिकर्स और टैटू का कलेक्शन दिखाना चाहता था उसे। अभी हाल ही में उसे नए कार्टून काड्र्स इकट्ठा किए थे, उसके पास सबसे ताक़तवर क़िरदार के काड्र्स भी थे। बहुत कम लोगों को ही मिल पाते थे ऐसे काड्र्स, चिप्स के पैकेट्स में। पूरी क्लास के बच्चे उसके इन काड्र्स से जलते थे। कई क़रीबी दोस्तों ने काड्र्स माँगे, पर पुलक ने किसी को एक कार्ड भी नहीं दिया। पुलक चाहता था कि तान्या एक बार काड्र्स देख ले, एक कार्ड या कुछ और माँग ले, पुलक उसे ये दे देगा तो दोस्ती हो जाएगी। पर ऐसा कुछ हुआ नहीं। तान्या को क्लास में न किसी शख़्स से फ़र्क़ पड़ता न किसी चीज़ से।

उन दो दिनों में स्नेहा के पेंसिल बॉक्स में कुछ टॉफ़ियाँ भी इकट्ठा हो गई थीं। पुलक का ध्यान टॉफ़ी में कम था और ऐसी चीज़ों में ज़्यादा, जिनसे किसी तरह तान्या उसकी मौजूदगी दर्ज कर ले।

उस दिन भी स्कूल के हो-हल्ले के बाद जब छुट्टी की घंटी बजी, तो मायूस-सा होता हुआ पुलक घर गया। सीधा दादी के कमरे में गया और दादी से प्यार में चिपकने लगा। उसे पता था कि जिन चीज़ों को वो ख़ुद ठीक-ठीक से नहीं समझ रहा था, दादी समझ सकती थी।

"क्या बात है पुलक बेटा?" दादी ने पूछा।

"दादी, मुझे तान्या के घर जाना है, तान्या से मिलने। तान्या मेरे स्कूल में

पढ़ती है।'' पुलक ने एक साँस में पूरी कहानी कह डाली।

''ठीक है, मैं तेरे पिताजी से कहती हूँ कि कल शाम वो तुझे तान्या के घर ले जाएँ।'' दादी ने कहा।

'दादी, चीज़ों को कितना आसान बना देती है। इसलिए तो दादी सबसे प्यारी है। कितनी आसानी से समझ जाती है, कितनी आसानी से समझा देती है।' पुलक सोच रहा था।

उस दिन रात के खाने के बाद दादी ने पिताजी को कहा कि वो पुलक के स्कूल जाकर पता लगा आएँ कि तान्या कौन है और वो कहाँ रहती है। पिताजी इस अटपटी फ़रमाइश से चौंक गए। उन्हें एक बार तो समझ में नहीं आया कि क्या कहें।

''क्यों ?'' फिर उन्होंने पूछ लिया।

''पुलक को उसके घर जाकर उससे मिलना है।'' दादी ने बड़े शाइस्ता लहज़े में कहा।

''क्यों ?'' पिताजी ने थोड़ा चौंकते हुए पूछा।

''अरे भई! पुलक को मन है।'' दादी ने जवाब दिया।

अब मन क्यों है, ये कोई सवाल थोड़े न होता है। पिताजी ने इसलिए कुछ नहीं कहा।

वयस्क, जवान और अधेड़ उम्र के लोग इन बातों को अपने नज़रिए से देखने की कोशिश करते। पर दादी चीज़ों की पेचीदगी में नहीं फँसी। फँसना भी नहीं चाहिए था। पुलक ने जाने की ज़िद की क्योंकि उसका मन था तान्या के घर जाकर उससे मिलने का, बस। इसमें क्यों, कब, कैसे निकालना फ़िज़ूल था। तान्या की जगह अगर तन्मय होता तो माँ-पिताजी के मन में शायद थोड़ा-सा अलग नज़रिया हो सकता था। पर दादी और पुलक के लिए ये सारी चीज़ें बड़ी आसान-सी थीं। और ये आसान इसलिए थीं कि उनके मन में कोई मिलावट नहीं थी। जो चीज़ थी वो सामने थी, कुछ छुपा हुआ नहीं था।

दादी ने हुक्म दे दिया था और पिताजी पता ढूँढ़ने के उपाय ढूँढ़ने लगे। आजकल की तरह उन दिनों मोबाइल फ़ोन, इंटरनेट नहीं हुआ करते थे। तान्या का पता लगाने का एक ही उपाय था, स्कूल में जाकर उसके माँ-बाप का नाम और घर का पता ले लेना।

अगले दिन जब पुलक स्कूल से आया तो उसे इस बात की ख़ुशी थी कि पिताजी ने तान्या के घर का पता मालूम कर लिया होगा। रात के खाने पर जब दादी ने पिताजी से पूछा, तो पता चला कि पिताजी ने कल वाली बात को उतनी गंभीरता से नहीं लिया था। इस पर दादी नाराज़ हो गई और पिताजी से वादा लेकर ही मानी।

एक दिन स्कूल की छुट्टी के बाद माँ और पिताजी स्कूल गए। स्कूल के ऑफ़िस में जाकर उन्होंने बताया कि वो पुलक के माता-पिता हैं। ऑफ़िस में तिवारी जी ने उन्हें बिठाया और उनके आने का सबब पूछा।

"हमें पुलक के क्लास में पढ़ने वाली बच्ची तान्या के घर का पता चाहिए था।" पिताजी ने कहा।

"पता तो मिल जाएगा सर। पर क्यों चाहिए आपको?"

"पिछले दिनों पुलक ग़लती से किसी का पेंसिल बॉक्स ले आया था। अंदर नाम भी लिखा है, तान्या। हम सोच रहे थे, अगर आप रजिस्टर चेक करके तान्या के घर का पता दे दें तो हम उसे ये वापस कर आएँ।" पिताजी ने कहानी बनाई।

"आप क्यों तकलीफ़ करते हैं। हमें दे दीजिए, हम दे देंगे कल तान्या को।"

"नहीं, दरअसल, हम भी तान्या के माँ-बाप से मिलना चाह रहे थे। बड़ा क़ीमती पेंसिल बॉक्स है। गुम हो जाने के बाद पता नहीं क्या सोच रहे होंगे।" माँ ने बात संभाली।

"ठीक है, जैसा आप चाहें।" तिवारी जी ने बात को ज़्यादा नहीं खींचा और पिताजी को पता लिखवा दिया।

अगले दिन दफ़्तर से लौटते हुए पिताजी तिवारी जी के दिए हुए पते पर गए और तान्या के मकान को खोज निकाला, फिर दूर से ही लौट गए। उस शाम दादी के पूछने पर उन्होंने भरोसा जताया कि वो आने वाले रविवार को पुलक को तान्या के घर ले जाएँगे।

पुलक को जब ये बात पता चली तो उसकी ख़ुशी घरभर में किसी से नहीं छुपी। इतना ख़ुश था कि दिनभर घर में और बरामदे में भागता रहा। भाग-भाग के आता इधर-उधर से और हर आधे घंटे में दादी के कमरे में जाकर उनसे

लिपट जाता। दादी के ऊपर उसने उस दिन सबसे ज़्यादा प्यार लुटाया।

रविवार को माँ-पिताजी पुलक को अपने साथ तान्या के घर ले गए। बाहर से किसी बंगले जैसा लग रहा था तान्या का घर। पिताजी ने दरवाज़े की घंटी बजाई। किसी नौकर ने दरवाज़ा खोला। पिताजी ने अपना परिचय दिया और बताया कि वो तान्या के माँ-बाप से मिलने आए हैं। नौकर ने उन्हें ड्रॉइंग रूम में बिठाया और अपने मालिक को बुलाने अंदर चला गया। मकान बाहर से जितना बड़ा था, अंदर से भी उतना ही आलीशान था, किसी महल जैसा।

तान्या के माँ-बाप ने बड़ी इज़्ज़त और गर्मजोशी से मेहमान-नवाज़ी की पुलक के परिवार की। तरह-तरह की मिठाइयाँ, चिप्स और कोल्ड ड्रिंक्स भी रखे गए ड्रॉइंग रूम की टेबल पर। दोनों बच्चों के माता-पिता बातों में व्यस्त थे। पता नहीं किन-किन विषयों पर बात कर रहे थे। और उधर पुलक सोफ़े पर बैठा-बैठा तान्या को देख रहा था। तान्या ड्रॉइंग रूम से लगे हॉल में टीवी देख रही थी। उसके माँ-बाप ने कई बार आवाज़ दी,

'तान्या, स्कूल से तुम्हारा दोस्त पुलक आया है।'

और फिर वो चारों बातों में मशग़ूल हो गए। एक बार तो बेमन से तान्या ने पलटकर देखा। फिर बिना कुछ बोले वापस टीवी देखने लगी। पुलक अब भी तान्या को ही देख रहा था। थोड़ा अच्छा भी लग रहा था उसे और थोड़ा बुरा भी। अपनी नन्ही सोचों में चक्कर खा गया था पुलक।

"बेटा, तुम टॉफ़ी लो," कहते हुए तान्या के पिताजी ने टॉफ़ी से भरी ट्रे पुलक के आगे की। पुलक अपनी सोच से बाहर निकल आया। "अरे, ये तो वही टॉफ़ी है जो स्नेहा लाती है हर रोज़ मेरे लिए।" वो ज़ोर से कह पड़ा।

माँ-पिताजी पुलक को देखने लगे। वो कुछ समझ नहीं पाए। दादी ही समझ सकती थी उसको।

मुंबई-दिल्ली-मुंबई

उन दिनों दिल्ली में मेरा धंधा मंद पड़ा हुआ था। सोचा एक नौकरी ढूँढ़ लेता हूँ, ख़ुद के लिए। नई नौकरी मिली तो सही, पर मिली मुंबई में। मरता क्या न करता, अपना सामान बाँधा और मुंबई आ गया। पत्नी वहीं दिल्ली में रह गई, अपने माता-पिता के पास।

अब फ़ोन पर रोज़ दो-चार बातें हो जातीं और महीने-दो महीने एक बार दिल्ली का चक्कर लगा आता। दिल्ली पहुँचता तो पत्नी रोती हुए मिलती, "ख़ुशी के आँसू हैं" कहती, अगर पूछ लेता तो। और दो-तीन दिन के बाद जब मुंबई के लिए निकलता, तो फिर से रोती। जाते वक़्त पूछने की हिम्मत नहीं होती उससे।

माँ भी कुछ ऐसा ही करती थी, जब कॉलेज के दिनों में घर जाया करता था। और मैं ऐसे गंभीर जज़्बातों के वक़्त बेवक़ूफ़ बना रहना ज़्यादा पसंद करता था। तब भी, अब भी।

एक बार मुंबई पहुँचा, तो बहुत बारिश हो रही थी वहाँ। दिल्ली से चला था तो लोग गर्मी से परेशान थे उस दौरान, पर मुंबई में माहौल कुछ और ही था। रात में फ़ोन पर बात हुई, मैंने कहा,

"आज मुंबई में पानी बरसा। काफ़ी बरसा।

तुम्हारे शहर में अब भी धूप है शायद।

फ़िक्र न करो, बादल का एक टुकड़ा मैंने जेब में छिपा लिया है। भेजता हूँ तुम्हें जल्द ही..."

वो हँसी और कहा, "बस बातें बनाना आता है आपको।"

हँस रही थी, तो लगा बातें तो बनाता हूँ, असर भी कर जाती हैं अक्सर। मैं भी ख़ुश था।

अब जब दूर रहने लगा था पत्नी से, तो शब्दों का वज़न बढ़ गया था।

उसे भी रोज़ फरमाइश होती थी कि कुछ न कुछ सुनाऊँ उसे, कुछ नया ताज़ा। या कुछ और ज्ञान की बातें ही कह दूँ।

अगले दिन भी बारिश जारी रही और उसके अगले दिन भी। बारिश से बड़ी मदद मिली, हर दिन बारिश पर कुछ कह देता, उसको अच्छा लगता। इसलिए नहीं कि मैंने कोई कमाल की बात कह दी हो, पर शायद इसलिए क्योंकि दिल्ली में बारिश अभी तक शुरू नहीं हुई थी।

मैंने कहा,

"देखा दृश्य एक बार मैंने,
पहने नभ बादल के गहने,
सुंदरता है नदी में बस जब,
धारा लगे आकाश से बहने,
कुछ हवा के ठंडे झोंके,
आए मेरे घर कुछ कहने,
शान, तुम ऐसे न थे,
लगे हो अब चुपचाप रहने,
बादल गरज रहे थे ऊपर,
पंछी सारे सहमे-सहमे,
प्रेम कलह में इक-दूजे के,
रगड़ें अपने भीगे डैने,
चाय की चुस्कियों के साथ,
देखा दृश्य एक बार मैंने।
वो पंछियों की तरह चहचहाने लगी।
अच्छा बीता वो दिन, अच्छी बीती वो रात।"

एक बार मेरी तबियत बहुत ख़राब हो गई, बुख़ार था कि उतरने का नाम

नहीं लेता। पत्नी की बड़ी याद आई। उस रात मैंने कहा,

"मुंबई में मेरे कमरे के बाहर एक जामुन का पेड़ है।

याद है, पिछले साल तुम्हारे साथ कुछ काले-काले जामुन खाए थे, दिल्ली में। इस पेड़ पर भी मोटे- मोटे जामुन लग आए हैं। जितनी गोरी तुम, उतने ही काले-काले जामुन।

खिड़की से देखता हूँ, पंछियों के जोड़े टहनियों पर बड़े चाव से खाते हैं। कल एक अकेला दिखा, धीरे-धीरे जामुन चबा रहा था।

तुम अपनी खिड़की से बाहर जामुन का पेड़ देखना। शायद इसका जोड़ा वहाँ दिख जाए। ज़्यादा जामुन खाने से गला भर जाता है, एक पानी की कटोरी ज़रूर रख देना, खिड़की पर।"

वो रोने लगी। मुझ से रहा नहीं गया, तो अगले महीने का टिकट करवा दिया उसका दिल्ली से मुंबई का... और मुंबई में परिवार के लिए एक छोटा मकान ढूँढ़ने में लग गया।

शायद शहर यूँ ही आबाद होते हैं।

वेट लॉस

तारा अपने घर में ट्रेडमिल पर दौड़ रही थी। बस दो सौ मीटर और करने थे, आज का कोटा पूरा करने के लिए। आज का टारगेट पाँच किलोमीटर था। सौ मीटर पहले ही हाँफने लग गई थी। पैर जवाब दे रहे थे। और दिमाग़ रुक जाने की मिन्नतें कर रहा था।

तब तारा के दिल की धड़कनें और ज़्यादा जोश में धड़कतीं और सारे बदन के पुर्ज़ों को चुप करा जातीं। हर पचास मीटर में ऐसा करना पड़ रहा था। "तारा, एक मिनट और कर ले! तारा, बस एक मिनट और दौड़ ले।" उसका दिल उसके कानों में फुसफुसाता रहता।

माँ को ग्रीन टी का सिग्नल दे दिया उसने। टॉवल से पसीना पोंछा और सोफ़े पर पसर गई। गोरा चेहरा तपकर लाल हो गया था। भरे-भरे गाल अधपके आलू-बुखारे जैसे लग रहे थे। पाँच मिनट तक वहीं पड़ी रही। उसके आलू-बुखारे जैसे गाल वापस छीले आलू जैसे हो गए थे। नुक़्ताभर भी दाग़ नहीं था। साफ़, बिलकुल साफ़। उसने उठकर मुँह-हाथ धोए और अपनी चाय पी।

तारा एक मल्टीनेशनल IT कंपनी में जॉब करती थी। और अब हर शाम दफ़्तर से घर टाइम से आती थी। दौड़ लगाती, ग्रीन टी पीती, डाइजेस्टिव बिस्किट्स खाती और सबसे ज़रूरी, ख़ुद को नापती-तोलती, हर दिन। वज़न करने वाली मशीन से, दो सेकंड में और शीशे के सामने नज़रों से, दो घंटे

में।

तारा के नैन-नक्श तीखे, चोखे थे। फ़ुरसत से तराशे हुए सफ़ेद संगमरमर में। उसके क़द से ऑफ़िस की कई सुंदरियाँ और कई divas यूँ तो जलती थीं, पर तसल्ली कर लेतीं, तारा के डील-डौल को देखकर। तारा वैसे तो ख़ूबसूरत थी, पर 'ज़रा'-सी, थोड़ी, ज़्यादा ओवर साइज़्ड भी थी।

ऐसा नहीं था कि तारा को किसी ने कुछ कह दिया था।

या वो किसी लड़की से जलने लगी थी।

या यूँ हुआ कि उसको कोई लड़का पसंद आ गया हो, जो उसकी सहेली पर फ़िदा हो।

या कि तारा के माँ-बाप शादी का दबाव बना रहे हों और लड़की दुल्हन के पोज़ के लिए पिक्चर परफेक्ट न हो।

या तारा को अपने पुराने कपड़े में फिट नहीं होने का मलाल हो।

कोई भी एक वजह नहीं थी। पर वजहें थोड़ी-थोड़ी सारी थीं।

तारा ने सोचा भी तो कई बार था इन सारी चीज़ों के बारे में। पर वो 'लूज़र' वाला एटीट्यूड कहाँ था उसमें। यूँ तो वो "ma लाइफ, ma रूल्स" वाली भी नहीं थी। पर 'लूज़र' तो बिलकुल नहीं थी। वो भला क्यों वेट कम करके दुनिया के लिए एडजस्ट होने लगी।

सारा दोष तो बिल्डिंग के लिफ़्ट वाले भैया का है। क्या ज़रूरत थी उस दिन भरी हुई लिफ़्ट में जगह बनाकर न्योता देने की। कितने मज़े में लिफ़्ट के बाहर खड़ी थी तारा। थोड़ी देर और खड़ी हो लेती। कौन-सी ट्रेन पकड़नी थी उसको।

पर नहीं, लिफ़्ट वाले भैया तो हीरो हैं! ज़बरदस्ती लिफ़्ट के गेट में हाथ लगाकर आधे मिनट रोके रखा। लिफ़्ट के अंदर लोगों को निचोड़कर जगह बनाई और तारा को अंदर आने को कहा। तारा जैसे अंदर घुसी, 'पी-पी-पी' ओवरलोड का अलार्म बजने लगा।

अरे! चार लोग साथ में घुसते तो अनसुना कर देती। उसकी वजह से थोड़े ही न हुआ होता ओवरलोड। कोई भी एक-दो लोग निकल जाते। बात रफ़ा-दफ़ा हो जाती। पर हालात कुछ अलग-से थे उस दिन। अकेले घुसी थी, झेंप गई। दो-चार सेकंड भी लगा दिए सोचने में कि क्या करे। फिर बाहर

निकल गई। अलार्म बंद हो गया, थोड़ी जगह वापस से बन गई लि.फ़्ट में। लोग वापस से फूल के चौड़े हो गए। तारा ने देखा, कुछ लोगों के चेहरे पर शरारती मुस्कानें भी थीं।

लि.फ़्ट पहले ही ओवरलोड की बाउंडरी लाइन पर होगी। कोई ज़ोर से खाँस भी देता तो ओवरलोड का अलार्म बज जाता। पर ये अलार्म तारा के मत्थे ही मढ़ा जाना था। हाय री क़िस्मत। कितनी शर्मिंदगी हुई उस दिन। जी में आया कि अलार्म तोड़ दे, एक मुक्का मार के लि.फ़्ट में।

अगर दुबली-पतली-छरहरी होती, तो भी अलार्म बज ही जाता उस दिन। पर जो शरारती मुस्कानें थीं उन पर ताला लगा रहता। हो सकता है कोई लड़का निकल भी जाता, तारा के बदले लि.फ़्ट से बाहर।

ख़ूबसूरत लड़कियों को इज़्ज़त मिलनी ही चाहिए।

तारा को एहसास होने लगा था कि शायद वो एक ख़ास क़िस्म की 'इज़्ज़त' से महरूम थी। इसलिए आजकल हर रोज़, इज़्ज़त कमाने की जद्दोजहत होती। तारा रोज़ मेहनत करती, रोज़ पसीने बहाती।

लि.फ़्ट वाला क़िस्सा उसके जोश को परवान चढ़ाता और झूलती चार्बियों में गर्मी पैदा हो जाती।

"भाड़ में गई लि.फ़्ट", अब तो वो लि.फ़्ट का इस्तेमाल भी नहीं करती, न घर की बिल्डिंग में, न ही ऑफ़िस में। सीढ़ियाँ ही लेती थी अब हर बार।

कोई एक ऐसा दिन तो नहीं होता, जिस दिन से आप अचानक से पतले हो जाएँ या अचानक से मोटे। सब कुछ धीरे-धीरे ही होता है। थोड़ा-थोड़ा हर दिन। दो महीनों की मेहनत के बाद क़तरे-क़तरे में बह गया का.फ़ी मोटापा। बदन और दिमाग़ दोनों हल्के होने लगे थे। हर दिन के साथ तारा की ख़ुशी थोड़ी-सी और बढ़ जाती। उसकी मेहनत रंग ला रही थी। कुछएक लोग जाते-आते तारी.फ़ भी कर रहे थे।

"वो सब तो ठीक है, क्या सही में दुबली हो गई हूँ? थोड़ा .फ़र्क़ महसूस तो ख़ुद भी कर रही हूँ। पर ये का.फ़ी है क्या?"

"आजकल तो पुरानी जींस भी लगभग फिट आने लगी है। रखे-रखे कपड़े भी थोड़ा तो shrink कर ही जाते हैं।"

"सोसाइटी के सिक्योरिटी गार्ड से लेकर द.फ़्तर में बॉस तक, सब चौकें-

चौंके दिख रहे थे, जब पिछले फ्राइडे मैंने कैजुअल ड्रेस पहना था।''

''अब तो बस मेनटेन करके रखना है इसको!''

अगले दिन जब दफ़्तर से घर लौटी तो लिफ़्ट ले लिया तारा ने।

''एक-दो बार सीढ़ी नहीं ले तो क्या बिगड़ जाएगा। वैसे भी, कितनी थकान हो रही थी उस वक़्त।''

यूँ ही कभी कुछ, कभी कुछ और की वजह से, कभी ट्रेडमिल तो कभी डाइटिंग छूटने लगी। किसी क़रीबी दोस्त की पार्टी में जाए और खाना-पीना न हो, तो कितना बुरा लगता है मेज़बान को। और वैसे भी सिर्फ़ मेनटेन ही तो करना था तारा को।

कुछ भी झटके से, अचानक हो जाए, ये बड़े अचरज की बात होगी। और ऐसे ही मोटापा या दुबलापन भी अचानक से नहीं आता-जाता। बीतते दिनों के साथ पुरानी जींस थोड़ी और कसने लगी। ऐसे सिम्टम्स जब दिखते, तारा एक्सरसाइज़ ज़रूर करती उस दिन। वज़न भी ले लेती कभी-कभी।

मशीन में वज़न का मीटर ऐसी जगह आकर अटक गया था, पिछले कुछ दिनों से कि तारा कुछ तय नहीं कर पा रही थी। मीटर कभी ज़्यादा से ज़्यादा आधा किलो ऊपर, कभी-कभार आधा किलो नीचे बता देता। दो -चार और मशीनों से देख लिया, पर वज़न वही था हर बार।

''इतना ही होगा वज़न फिर तो। इतना होना अच्छा होता है या ज़्यादा है? हेल्थ चार्ट के हिसाब से थोड़ा ज़्यादा है शायद। पर इतना तो चलता है। माँ ने भी कहा है, मैं फिट हूँ।''

फिर गूगल करने का दौर शुरू हुआ। एक शब्द मिला, 'मेटाबोलिज़्म'।

मेटाबोलिज़्म लिफ़्ट वाले भैया की तरह है। किसी की नहीं सुनता, सिर्फ़ अपने मन की करता है।

''हाँ, मेटाबोलिज़्म! मैं, फिट ही हूँ। ये तो मेरा मेटाबोलिज़्म ही ऐसा है। और वज़न ज़्यादा भी कहाँ है। इतना तो होता ही है सबका। मेनटेन ही तो करना है मुझे। जैसा मेटाबोलिज़्म रहेगा वैसे ही मेनटेन होगा ना।''

इस मेटाबोलिज़्म के खोज ने बड़ी राहत दी तारा को उस दिन। बदन से और ज़ेहन से, एक बहुत बड़ा बोझ उतर गया था। बड़ा हल्का-हल्का महसूस कर रही थी तारा।

थोड़ी बहुत ख़ुशी-1

MBA के दिनों से ही, कॉलेज के हर असाइनमेंट में हर्ष, नेहा के ग्रुप में जाना चाहता था। साम-दाम-दंड-भेद, कोई भी जुगत लगाकर हर्ष की यही कोशिश रहती थी कि किसी भी तरह नेहा के आसपास ही मँडराता रहे। सिर्फ़ हर्ष ही क्यों, कॉलेज के काफ़ी लड़के नेहा पर लट्टू थे। नेहा थी ही इतनी प्यारी। जिस असाइनमेंट पर हाथ रख देती लड़के उसे सोना कर देते थे। पारस थी पारस!

नीयत की साफ़ थी नेहा और समझदार भी ख़ूब थी। अपने हिस्से का काम बख़ूबी करती थी। और बाक़ी के काम ख़ुद-ब-ख़ुद हो जाते थे। कुछ अलग-सा चार्म था नेहा का, न दीवाने ढूँढ़ने पड़ते थे, न बनाने। सारे लड़के भँवरों की तरह ख़ुद ही मँडराते रहते थे। हर्ष भी तो था उनमें से एक।

नेहा जैसी लड़कियाँ जल्दी बड़ी हो जाती हैं, दुनिया को बेहतर समझने लगती हैं। उन्हें सिचुएशन और लोगों, दोनों को हैंडल करने का हुनर आ जाता है।

सबसे मुस्कराकर बात करती तो थी नेहा, पर किसी को कुछ ग़लत समझने का मौक़ा नहीं देती थी। कितनी सावधानी से रिश्तों को संभालते हुए चलती थी वह, मानो किसी पहाड़ी घुमावदार सड़क पर बहुत मँझा हुआ कोई पहाड़ी ड्राइवर हो। जो सीटी की धुनों में गाड़ी चढ़ा-उतार रहा हो, ढलानों और घाटियों में।

और हर्ष के लिए नेहा उसकी ज़िंदगी का तीसरा क्रश थी... या शायद

तीसरा सच्चा प्यार। हर्ष दिल का बड़ा सच्चा बंदा था। एक लगभग आदर्श बालक की तरह, पढ़ाई में ठीक-ठाक था, दिखने में और क़द-काठी में भी ठीक-सा था। बात-विचार से लगता था एक अच्छे, सुलझे परिवार से हो। पिताजी डॉक्टर थे और माँ पढ़ी-लिखी हाउस वाइफ। तो न इल्म की कभी कमी हुई, न पैसों की।

जब स्कूल में पढ़ता था, तो एक बार एक लड़की पसंद आई थी। हर्ष का पहला सच्चा प्यार था वो। हर्ष कोई मवाली क़िस्म का लड़का तो था नहीं और कभी नीच हरक़तें भी नहीं की थीं उसने। उसे सच में सच्चा प्यार हुआ था, पहली बार। दिन-रात उसी लड़की के ख़्यालों में खोया रहता था। कभी-कभी स्कूल में छिप-छिपा कर देख भी लेता था उसे और अगले ही पल शरमाकर इधर-उधर देखने लगता। दिन-दिन, साल-साल करके स्कूल ख़त्म हो गया। और अपनी दिल की धड़कनों को कभी बढ़ाता, कभी घटाता, हर्ष का प्यार, मासूमियत की ख़ामोशी में दफ़न हो गया। उस दिन तक भी, जिस दिन स्कूल का आख़िरी दिन था। उस लड़की को तो शायद पता भी नहीं होगा, किसी हर्ष नाम के लड़के के बारे में। इतने सालों में एक बार भी बात नहीं कर पाया था हर्ष उससे। पहला प्यार गुमनामी की भेंट चढ़ गया था।

फिर जब इंजीनियरिंग कॉलेज में गया तो एक नई लड़की मिली, बिलकुल शादी मटेरियल थी। माँ के सामने भी ले जाकर खड़ा कर देता तो माँ भी शाबाशी देती। "बेटे ने क्या ख़ूब बहू चुनी है। इतनी सुशील, इतनी आज्ञाकारी!" इस बार बातें भी हुईं और क़िस्सा भी बना। दोनों एक ही क्लास में पढ़ते थे और हॉस्टल भी अगल-बग़ल थे। कितने बेहतरीन दिन थे वो हर्ष की ज़िंदगी के। कितना ख़्याल रहती थी वो हर्ष का, हर छोटी-बड़ी बात में। वो भी हर्ष को उतना ही चाहती थी जितना कि हर्ष उसे। तब जाकर हर्ष को एहसास हुआ कि स्कूल का प्यार, पूरी तरह से सच्चा प्यार नहीं था। अभी वाला प्यार, सच्चा प्यार था। ये बातें फाइनल ईयर आते-आते तक हवा हो गईं। कुछ नए-नए अल्फ़ाज़ सामने आने लगे, जैसे कि स्पेस, इंडिपेंडेंस, एस्पिरेशन वग़ैरह जो हर्ष के प्यार के लिए हानिकारक साबित हुए। फिर और एक नया अल्फ़ाज़ सामने आया, 'मूव-ऑन', अपने दिल के टुकड़ों को इकट्ठा करके हर्ष ने बिलकुल वही किया। 'मूव-ऑन'।

इंजीनियरिंग कॉलेज में उन दिनों MBA की तैयारी ज़ोर मार रही थी, क्लास का हर नाकाम आशिक़ MBA करके ख़ुद को साबित करना चाह रहा था। अब लिस्ट में एक और नाम था, हर्ष।

इंजीनियर चाहे तो क्या कुछ नहीं कर सकता, फिर ये MBA चीज़ ही क्या है। और डॉक्टर बाप का इंजीनियर बेटा हो तो कहना ही क्या। इंडिया के बेहतरीन कॉलेज में से एक के MBA एग्ज़ाम को क्लियर करके हर्ष ने कामयाबी का परचम लहरा दिया था। पर परचम देखने न तो वो कॉलेज वाली लड़की थी आसपास, न ही अब हर्ष को फ़ुरसत थी कि उसकी सुध ले। दूसरा प्यार भी सच्चा नहीं निकला। कमाल की बात तो ये थी कि सारे क़िरदार, चाहे वो स्कूल की लड़की हो या कॉलेज की या ख़ुद हर्ष, सभी अच्छे कैरेक्टर के थे। कोई विलन नहीं था अभी तक की कहानी में।

फिर नेहा मिली। नेहा को देखते ही हर्ष को पता चल गया कि सच्चा वाला सच्चा प्यार क्या होता है। वो नेहा से वही खरे-सोने जैसा, ख़ालिस सच्चा प्यार करने लगा था। नेहा की छोटी-छोटी अदाएँ और छोटे-छोटे इमोशंस भी हर्ष के जज़्बातों में बड़ी-बड़ी आँधियाँ ले आते थे।

नेहा का पहनावा कितना सादा होता था पर कितना गहरा बैठ जाता था दिल में। कितने हलके रंग पहनती थी नेहा, बिलकुल बसंत के फूलों की तरह। और नेहा की ख़ुशबू! पूरा बाज़ार छान मारा था हर्ष ने, नेहा की ख़ुशबू वाले परफ्यूम को ढूँढ़ निकालने में। रुमाल पर एक स्प्रे मारकर मुँह ढाँपकर सो जाता था हर्ष। दिनभर की सारी थकान, सारी परेशानियाँ, एक पल में छूमंतर हो जाती थीं।

MBA का वक़्त बहुत छोटा-सा होता है, सिर्फ़ दो सालों का। पता नहीं दो साल में कौन-सा टॉनिक पिलाया जाता है कि उसी इंजीनियर को कंपनियाँ दुगनी-तिगुनी तनख़्वाह देने को तैयार हो जाती हैं। महज़ दो साल के अंतराल में।

पर MBA के दो साल काफ़ी होते हैं, एक नए रिश्ते के बीज को बोने में। एक छोटा-सा रिश्ता, दोस्ती जैसा ही कुछ, बन-सा गया था हर्ष और नेहा के बीच भी।

कभी-कभी कॉलेज कैंपस के बाहर कैफ़े में चाय-कॉफ़ी पीते भी दिख

जाते थे दोनों। यूँ तो नेहा और दोस्तों के साथ भी दिख जाती थी, पर हर्ष सिर्फ़ नेहा के साथ ही दिखता था। बाक़ी वक़्त पढ़ाई या प्लेसमेंट की तैयारियों में बिताता था वो। प्लेसमेंट के दिन नज़दीक आ रहे थे और हर्ष ने ठान लिया था कि अपने मन की कंपनी में ही प्लेसमेंट लेकर रहेगा। और उसका मन था कि वो उसी कंपनी में, उसी प्रोफाइल में जाए, जिसमे नेहा का प्लेसमेंट हो।

मेहनत को कामयाबी तो मिलती है पर अगर क़िस्मत साथ न दे तो कोई न कोई कसर रह ही जाती है। हुआ यूँ कि हर्ष और नेहा, दोनों के प्लेसमेंट हुए। एक ही कंपनी में हुए। एक ही प्रोफाइल में भी हुए। बस, लोकेशन अलग-अलग मिल गई। हर्ष कहाँ हार मानने वाला था, उसने आगे की प्लानिंग शुरू की, अभी कॉलेज का आख़िरी सेमेस्टर बाक़ी था।

हर्ष ने कई ईमेल्स लिखे कंपनी के HR डिपार्टमेंट को। अलग-अलग क़िस्मों के बहाने दिए, ताकि उसका जॉब लोकेशन नेहा के जॉब-लोकेशन वाले शहर में कर दिया जाए। पर बात बनी नहीं। हाँ, पर कंपनी वालों ने भरोसा जताया कि कंपनी के अंदर अक्सर ट्रांसफर्स होते रहते थे। और साल-दो साल में हर्ष ट्रांसफ़र ले सकता था।

"साल-दो साल?"

नेहा हाथ से निकल जाएगी। जब नौकरी लग जाए तो शादी होने में दिन ही कितने लगते हैं। हर्ष ऐसा कैसे होने दे सकता था। उसे कुछ तो करना ही था। पर जो करना था जल्दी करना था।

"कितना वक़्त तो साथ बिताते ही हैं हम दोनों। मुझे लगता है वो भी मुझे पसंद करती है। उसे प्रोपोज़ करना ही पड़ेगा मुझे। अब और कोई चारा नहीं है। कोई बैकअप प्लान? अगर कुछ गड़बड़ हो गई तो? अब क्या गड़बड़ होगी। कॉलेज भी ख़त्म ही होने वाला है। अभी नहीं बोलूँगा तो ज़िंदगीभर पछताऊँगा।"

ख़ुद से दो-चार बातें करके जैसे-तैसे हिम्मत जुटाई हर्ष ने। इससे पहले कि दिमाग़ लॉजिक लगाता, जोश ठंडा हो जाता, उसने फटाफट नेहा को फ़ोन घुमाया और अपने दिल की बात कह दी। नेहा ने थोड़ा सोचा और बड़ी संजीदगी से दो दिन का वक़्त माँग लिया।

इतने आराम से बात की नेहा ने मानो इस बात के लिए तैयार ही बैठी

हो। हर्ष तो ख़ामख़्वाह ही डर रहा था कि ग़ुस्सा करेगी, बात नहीं करेगी। डाँट देगी, कुछ सेंटी-सा बोलकर कट जाएगी।

नेहा से बात करने के बाद एक राहत की साँस ले रहा था हर्ष और ये भी सोच रहा था कि बेचैनी में वो अगले दो दिन काटेगा कैसे। एक बोझ हल्का हुआ था तो एक बोझ और पड़ गया था दिल पर। अगले दो दिनों के लिए।

और अगले दो दिन, हर्ष की ज़िंदगी के बेहद ख़ूबसूरत दो दिन थे।

अगला दिन, पहला दिन था इंतज़ार का। हर्ष कितना घबराया हुआ था। तीन बार नहा चुका था, पाँच तरह के कपड़े बदल चुका था और अनगिनत बार बालों को कंघी कर चुका था। भूख, प्यास सब उड़नछू हो रखे थे। और हिम्मत ही नहीं हो रही थी क्लास जाने की।

कॉलेज में, क्लास रूम में, कैंटीन में, नेहा का रवैया बिलकुल पहले जैसा ही था। वही पहले जैसी बातें करती। पहले जैसी मुस्कान। वही पहले जैसी चाल, पहले जैसे कपड़े और पहले जैसी ख़ुशबू। ऐसा लग रहा था हर्ष ने कुछ कहा ही न हो। और कहा भी हो तो उसे कुछ फ़र्क़ पड़ा ही न हो।

हर्ष को कहीं रत्तीभर भी ये भी नहीं लगा कि नेहा उसे इग्नोर कर रही हो। हाँ, बस बातों के बीच एक दफ़ा मुस्कराकर नेहा ने उस दिन अकेले में दोहराया था कि वो कल की बात का जवाब थोड़ा सोचकर देगी। वो जल्दबाज़ी में कोई फ़ैसला नहीं लेना चाहती थी, इसलिए उसने दो दिनों का वक़्त माँगा था। और हर्ष 'हम्म' करके रह गया था।

पूरा दिन तितलियों, पंछियों और जुगनुओं ने उलझाए रखा हर्ष को। आँखें बंद करे या खोले रखे, एक ही बात थी। क्लास रूम में कभी फूलों की क्यारियाँ उग आतीं, जिन पर रंग-बिरंगी तितलियाँ उड़ने लगतीं। कभी बोर्ड के ऊपर से झरने बहने लगते और कानों में पंछियों की चहचहाहट गूँजने लगती। क्लास में टीचर क्या पढ़ाकर चले गए, क्या पता। दिनभर न नाश्ता हलक़ से उतरा, न खाना।

रातभर नीदं नही आई, आई भी तो छह बजे सुबह। कॉलेज पहुँचा तो सोता रहा हर्ष, कॉलेज में भी। नेहा दिखी तो नींद उड़ गई। तितलियों, पंछियों और जुगनुओं ने फिर घेर लिया और साथ ही रहे क्लास रूम में और कैंटीन में। चाय, जूस और कुछ समोसों में दो दिन काट दिए हर्ष ने। इनके सिवा गले

से नीचे कुछ भी उतर नहीं पाया।

फ़ैसले वाले दिन हर्ष सुबह-सुबह उठा। बड़े इत्मीनान से नहाया। उसने पूरा वक़्त दिया ख़ुद को भिगोने में। पूरे बदन पर आराम से साबुन लगाया और बदन के सुन्न होने तक पानी के शावर से बाहर नहीं निकला। फिर साफ़-सुथरे कपड़े पहने और हॉस्टल में किसी के जागने से पहले ही मंदिर हो आया। ऐसा शायद आख़िरी बार उसने मैट्रिक के रिजल्ट वाले दिन ही किया था।

ब्रेकफास्ट के निवाले अभी भी कैक्टस जैसे लग रहे थे। खाना गले में चुभ रहा था और कॉलेज की पढ़ाई की बातें कानों में। वापस आकर अपने कमरे में लेट गया। रुमाल से मुँह ढाँप रखा था हर्ष ने।

तभी उसके मोबाइल फ़ोन ने 'बीप' किया, एक मैसेज आया था, नेहा से। 'कैंपस- कै.फ़े, शाम 7 बजे', बस इतना ही लिखा था उसमें। इतने छोटे-से मैसेज को भी पूरे पाँच मिनट तक पढ़ता रहा हर्ष।

फिर आधे घंटे तक अलग-अलग तरह से रिप्लाई टाइप करता रहा। कुछ जम नहीं रहा था, क्या रिप्लाई भेजे। बड़ी-मेहनत की उस आधे घंटे। दिमाग़ में साहित्य की सारी किताबें उलट-पुलट हो गईं। फिर एक रिप्लाई भेज दिया, 'ओके।'

बड़ी मुश्किल से दिन कटा और फिर शाम छह बजे से ही कै.फ़े में जाकर बैठ गया हर्ष। ठीक सात बजे नेहा वहाँ आई और हर्ष के सामने बैठ गई।

"हर्ष, मुझे लगता है मैं भी तुम्हें पसंद करती हूँ। तुम एक अच्छे लड़के हो, जिसके साथ ज़िंदगी प्लान की जा सकती है। हम दोनों दोस्त से बढ़कर भी कुछ हो सकते हैं। पर जो भी हो, उस रिश्ते को नाम और पहचान देना ज़रूरी है। मैंने अपने घर पर बात की है, अपने मम्मी-पापा से तुम्हारे बारे में। वो शायद मिलना भी चाहें तुमसे, अगले महीने। एक बात मुझे भी पूछनी है तुमसे, सोच कर बताना...

अगले साल, शादी करोगे मुझसे?"

हर्ष सुनता ही रह गया उसकी बातें।

"हर्ष, देखो अगर तुम्हारा इरादा शादी का नहीं, फिलहाल सि.र्फ़ रिलेशनशिप का है, तो शायद मैं वो लड़की नहीं हूँ, जिसे तुम ढूँढ़ रहे हो।"

हर्ष कुछ कहने ही जा रहा था कि नेहा ने फिर रोक दिया।

उसने कहना जारी रखा,

“अभी कुछ कहने की ज़रूरत नहीं है, तुम हॉस्टल जाओ। आराम से सोच लो, फिर अगर मेरी बात सही लगे तो अपने मम्मी-पापा से भी खुलकर बात कर लो। मुझे अभी कोई जवाब नहीं चाहिए, अगर तुम्हारा जवाब हाँ है फिर भी। अभी नहीं। मेरी रिक्वेस्ट है, दो दिन का टाइम लो। सोच लो। हम फिर बात करेंगे।”

इतना कहकर नेहा मुस्कराकर चली गई।

हर्ष ख़ुश था, पर ख़ुशी से बढ़कर वो दंग रह गया था।

“कितना आसान कर देती है चीज़ों को नेहा। कितना खुला सोचती है, कितना जुड़ा सोचती है। कमाल की लड़की है! मैं नेहा से ही शादी करूँगा!”

हर्ष ने ठान ली थी बात।

थोड़ी बहुत ख़ुशी-2

हर्ष ने वही किया जो नेहा चाहती थी। जिस हिम्मत से उसने अपने प्यार का इज़हार नेहा से किया था, उसी हिम्मत से उसने आने माँ-बाप से भी बात की। माँ-बाप पढ़े-लिखे समझदार तो थे ही, उन्होंने मिलकर हर्ष की पूरी बात सुनी और समझी।

"बेटा, आज नहीं तो कल तुम्हें घर तो बसाना है ही। अगर अच्छी लड़की मिल जाए तो हमें क्या प्रॉब्लम हो सकती है। तुमने बहुत अच्छा किया कि हम पर भरोसा किया। तुमने बहुत समझदारी से काम लिया है।" हर्ष के पापा ने कहा।

"मैं तो तेरे लिए रिश्ते ढूँढ़ने भी लगी थी। सरिता आंटी ने लंबी लिस्ट भेजी हुई है और तूने ख़ुद ही लड़की पसंद कर ली"। माँ ने हर्ष से कहा।

फिर माँ दोनों के बीच में बैठी-बैठी कुछ-कुछ बोलती रही, "पता नहीं कैसी लड़की ढूँढ़ ली है इस पगले ने। मैं ढूँढ़ती तो बहुत सुंदर-गुणवती लड़की लाती।"

माँ को अफ़सोस तो था, थोड़ा-सा। इकलौते बेटे के लिए लड़की ढूँढ़ने के अरमानों पर पानी फिरता दिख रहा था।

"अच्छा सुन, हमें नहीं मिलवाएगा नेहा से? मैं भी तो देखूँ किसने दीवाना किया है मेरे बेटे को।" माँ ने थोड़ी देर बाद मुस्कराते हुए कहा। हर्ष को सिग्नल ग्रीन होता दिख रहा था। माँ ने भी तसल्ली कर ली थी, सोचा- "कम से कम आजकल के दूसरे लड़कों की तरह बेहूदापन तो नहीं किया बेटे

ने। क्या पता लिव-इन में ही चला जाता। और इससे अच्छी बात क्या होगी कि लड़के ने इतनी हिम्मत और सच्चाई दिखाई है। बाक़ी, जहाँ तक सवाल रिश्तेदारों का है, उनको बाद में संभाल लूँगी।''

माँ ने फिर हर्ष की तरफ़ प्यार से देखा और कहा, ''सुन, उसके माँ-बाप से मिलने से पहले मैं एक बार उस लड़की...''

''नेहा,'' हर्ष ने कहा।

''...हाँ, नेहा से मिलना चाहती हूँ।''

फिर हर्ष ने मौक़ा ढूँढ़कर माँ और नेहा की एक मीटिंग करवा दी। माँ के सटीक सवालों का सटीक जवाब नेहा ही दे सकती थी, बिना कोई खटास लाए। नेहा भा गई, माँ को भी।

दो मीटिंग्स और हुईं अगले कुछ दिनों में, एक मीटिंग हर्ष और नेहा के माँ-बाप के साथ और फिर एक मीटिंग सबके साथ। सबने मिलकर शादी की तारीख़ तय करनी चाही पर नेहा ने सिर्फ़ मँगनी की। हर्ष ने वही कहा जो नेहा चाहती थी। नेहा की बातों में तर्क था, इज़्ज़त और सच्चाई भी। थोड़ा हंसी-मज़ाक भी हुआ और लोगों ने नेहा की बात मान ली। आपसी सलाह-मश्विरे से तय हुआ कि फ़िलहाल सगाई कर दी जाएगी। शादी अगले साल होगी।

अब नेहा और हर्ष एक ही क्लास में पढ़ते थे, एक ही कंपनी में प्लेसमेंट भी हुआ था। हालाँकि कॉलेज का आख़िरी सेमेस्टर बाक़ी था, पर कुछ दिनों में सगाई कर दी गई दोनों की। पूरी क्लास ने जश्न मनाया। कई लड़कों का दिल टूट गया, दूसरी लड़कियों के चर्चे भी शुरू होने लगे लड़कों के हॉस्टल में।

नेहा और हर्ष कपल की तरह रहने लगे थे। सुबह-शाम अपनी ही दुनिया में रहते थे। हर्ष के हॉस्टल के बाक़ी यार, अब सिर्फ़ दोस्त जैसे या क्लास-मेट बनकर रह गए थे। क्लास में, कैंटीन में या लाइब्रेरी में अगर हर्ष-नेहा में से एक दिख जाए तो समझो दूसरा वहीं आसपास ही होना था। कॉलेज में नए जोक्स बनने लगे और नई मिसालें भी तैयार होने लगीं।

रिलेशनशिप जैसी चीज़ के जम जाने के बाद लड़के अलग-अलग दौर से गुज़रते हैं। ज़्यादातर कूल-डूड से लवर-बॉय, फिर हार्ट-ब्रोकन और आख़िर में फ्री-सोल बन जाते हैं। बाद में माँ-बाप शादी-ब्याह कर देते हैं और फिर परिवार बन जाता है। कुछ सालों बाद ये लड़के पुराने दिनों को याद करके

हँसते हैं और मन ही मन कहते हैं, "चलो अच्छा ही हुआ।"

हर्ष की कहानी थोड़ी अलग थी। डूड स्टेज से सीधा शादी स्टेज, बीच के गोरखधंधों से ज़रा बचकर निकल गई थी उसकी गाड़ी। न किसी को सोशल मीडिया में ऐड करने की जद्दोजहद हुई, न ही ब्रेकअप के बाद उसी को डिलीट करने का बवाल।

पर हर्ष के क़रीबी दोस्तों ने फ़र्क़ महसूस किया। हर्ष की दुनिया बहुत छोटी-सी हो गई थी, नेहा से शुरू होकर नेहा पर ख़त्म। हर्ष काफ़ी बदल गया था। पहले दोस्तों के साथ हॉस्टल की छत पर बैठकर घंटों 'बक...' करता था। और अब तो हॉस्टल में ही कम दिखने लगा था हर्ष। ऐसा हरगिज़ नहीं था कि हर्ष ने किसी के साथ बदसलूकी की हो, बस यारों वाली बात नहीं रही थी अब।

और उधर नेहा वैसी ही थी, जैसी कि पहले। उसी सलीक़े से सबसे बात करती और बाक़ी लड़कों को बड़ी सादगी से उनके औक़ात में रखती। कोई दिलजला अगर दो-मतलबी मज़ाक-दिल्लगी करता तो घूरकर ही उसे चुप करा देती। बाक़ी लड़कियों की जलन भी कम हो गई थी। पर कानाफूसी का माहौल बना रहा, आने वाले कई दिनों तक।

आख़िरी सेमेस्टर के छह महीनों में दोनों ने एक-दूसरे को काफ़ी वक़्त दिया। एक आदत-सी बना ली, दोनों ने एक-दूसरे की। देखते ही देखते कॉलेज ख़त्म हो गया और जॉब शुरू हो गई। चूँकि दोनों की पोस्टिंग अलग-अलग शहरों में हुई थी, दोनों बेचैन रहने लगे। ऑफ़िस में दिन काटना मुश्किल हो रहा था, शाम के फ़ोन के इंतज़ार में। और शाम के बाद रातें भी काटनी मुश्किल हो रही थीं। कुछ बेसब्री में, कुछ अगले दिन ऑफ़िस की टेंशन में।

फिर नेहा एक दिन HR डिपार्टमेंट गई और उन्हें उनकी भाषा में पॉलिसी, लॉजिक, काउंटर-लॉजिक और विज़न-मिशन सब समझा आई। पता नहीं क्या समझ में आया उनको, पर नेहा का जादू चल गया। अगले सप्ताह ही नेहा का ट्रांसफ़र हर्ष के शहर में हो गया। और तो और, अब इसे संजोग कहें या क़िस्मत, नेहा को उसी टीम में जगह मिल गई जिसमें हर्ष था। जॉब जॉइन किए ज़्यादा दिन नहीं हुए थे, तो ट्रांसफ़र-हैंडओवर में कोई ख़ास दिक़्क़त

हुई नहीं।

अब दोनों साथ-साथ ही ऑफ़िस आते, आमने-सामने वाले क्यूबिकल में बैठते। लंच-ब्रेक में भी साथ-साथ खाना खाते और शाम को इकट्ठे ही घर जाते। कॉलेज का आख़िरी सेमेस्टर लौटकर वापस आ गया था। हर्ष का मन अब ऑफ़िस में ख़ूब लगता था और वीकएंड की भी कोई छटपटाहट नहीं होती थी।

एक ही शहर में दो मंगेतर, एक ही छत के नीचे हर वक़्त साथ-साथ रहें, ये बात घर वाले कैसे हज़म कर सकते थे। शादी का दबाव बढ़ने लगा। ख़ासकर नेहा के घर से। कब तक लड़ती बेचारी, अंत में हार मानकर, राज़ी हो गई। कुछ ही महीनों में दोनों की शादी कर दी गई। अपनी शादी और ज़िंदगी से नेहा और हर्ष दोनों काफ़ी ख़ुश थे। पर शादी के बाद ऑफ़िस में एक नई मुसीबत शुरू हो गई थी। कंपनी पॉलिसी के हिसाब से शादीशुदा जोड़े एक ही डिपार्टमेंट के एक ही टीम में नहीं हो सकते थे। नतीजतन एक को टीम या डिपार्टमेंट बदलना था। वैसे तो नेहा जॉब भी छोड़ने को तैयार थी, पर हर्ष ने समझाया और ख़ुद को भी तैयार किया टीम-चेंज के लिए।

हर्ष ने अपना डिपार्टमेंट बदल लिया और दोनों एक ही ऑफ़िस के अलग-अलग फ्लोर पर बैठने लगे। हर्ष का नया बॉस सनकी निकला और ऊलजुलूल काम करवाने लगा। हर्ष को इस बात की भनक तो पहले से ही थी, पर जब तक उँगली जले नहीं तब तक आग की गर्मी थोड़े ही पता चलती है।

ऑफ़िस में बैठे-बैठे, काम करते-करते, हर्ष न सिर्फ़ अपनी बीवी बल्कि अपने पुराने बॉस, टीम, टेबल-चेयर, सबकुछ मिस करने लगा था। काम का लोड बढ़ता ही जा रहा था और अब ऑफ़िस के घंटों की सीमा भी पीछे छूट चुकी थी। ऑफ़िस का काम लैपटॉप में बंद होकर घर तक आने लगा था। हर्ष को अब ऑफ़िस में ज़्यादा देर रुकना पड़ता था और बाक़ी का काम घर पर निबटाना पड़ता था। डिनर और बेड दोनों से स्वाद ग़ायब होने लगा था।

हर्ष का मूड भी ठीक नहीं रहता था। खीझ बढ़ गई थी, छोटी-छोटी बातों में बुरा मान जाने लगा था। नेहा सबकुछ देख रही थी। पर ख़ामोशी से चीज़ों को नज़रअंदाज़ कर रही थी। दोनों को जो भी थोड़ा-बहुत वक़्त मिलता था साथ में, उसमें भी हर्ष या तो पुराने अच्छे दिनों को याद करके मातम मानता

रहता या फिर ऑफ़िस की परेशानियों पर छाती पीटने वाली बातें करता। नेहा सब सुन रही थी, समझ रही थी, पर हालात को कैसे संभाला जाए उसे पता नहीं था।

एक जद्दोजहद दिखती थी हर्ष में, एक बेबसी भी। ख़ुशी को ढूँढ़ने की। हर्ष ख़ुश रहना चाहता था, पर रह नहीं पा रहा था। कई महीने ऐसे ही बीत गए।

एक रात डिनर में नेहा ने एक सुझाव दिया, ''हमारी शादी की एनिवर्सरी आ रही है, क्यों न हम एक अच्छा-सा प्लान बनाएँ। कहीं घूम आते हैं।''

हर्ष ने नेहा की तरफ़ देखा, ''हम्म, मुझे बॉस से बात करनी होगी छुट्टी के लिए।''

''ठीक है, अभी हमारे पास एक महीना है, तुम अपने ऑफ़िस का काम और छुट्टियाँ प्लान कर लो। मैं भी बॉस से बात कर लेती हूँ। कल ऑफ़िस में टाइम मिलेगा तो घूमने की दो-चार जगह गूगल कर लूँगी।''

''ठीक है।''

हर्ष के काम से बॉस ख़ुश तो था ही और वैसे भी इतने दिनों में उसने छुट्टियाँ माँगी कहाँ थीं। पूरे दस दिन की छुट्टी मिल गई उसे। वहीं नेहा का बॉस तो एक सज्जन आदमी था, फ़ौरन मान गया।

इंटरनेट पर सर्च करते हुए नेहा ने टर्की जाने का मन बना लिया था। कई सारे तसवीरें डाउनलोड करके भी ले आई, रात को डिनर पर हर्ष को दिखाने के लिए। हर्ष ने भी टर्की के नाम पर हामी भर दी। फिर क्या था, दोनों तैयारियों में जुट गए। बुकिंग, वीज़ा और काग़ज़ात की ज़िम्मेदारी हर्ष ने ले ली और सामान, शॉपिंग वगैरह की ज़िम्मेदारी नेहा ने।

हर्ष ने होटल और ट्रेवल बुकिंग में कोई कंजूसी नहीं बरती। आलीशान से आलीशान बंदोबस्त किया। नेहा ने दिनों के हिसाब से कपड़े और उनसे मैचिंग असेसरीज इकट्ठे कर लिए। हर्ष और नेहा का छोटा-सा परिवार पूरे एक महीने तैयारियों में ही ख़ुश रहा। हर दिन कुछ नई बात होती। या तो टर्की के बारे में या तैयारियों के बारे में। सफ़र का दिन नज़दीक आता जा रहा था, कुल मिलाकर तीन-चार दिन ही बचे थे... और छुट्टियाँ भी शुरू होने वाली थीं।

उस शाम ऑफ़िस का काम जल्दी निबटाकर हर्ष और नेहा ने घर लौटने के लिए टैक्सी ले ली। टैक्सी वाला गाड़ी चलाने लगा। सड़क थोड़ी ख़ाली थी, तो उसने गाड़ी थोड़ी तेज़ भगानी चाही। सामने सिग्नल था, जहाँ एक टेंपो खड़ा था। लोहे के सरिए लदे हुए थे उस पर। गाड़ी को ब्रेक लगाते-लगाते टैक्सी वाले ने सरिए वाले टेंपो को ज़ोर से टक्कर मार दी। एक लोहे की छड़ टेंपो से निकलकर, टैक्सी के शीशे को छेदते हुए पीछे के सीट पर बैठी नेहा के दाएँ कंधे में समा गई। गर्दन सिर्फ़ दो इंच से बची थी।

''आह!'' बस इतना कहकर नेहा ने हर्ष को देखा। सबकुछ इतनी तेज़ी में हुआ कि कुछ भनक भी नहीं लगी।

नेहा हर्ष की बाँहों में बेहोश हो चुकी थी और हर्ष चिल्ला रहा था, ''जल्दी हॉस्पिटल ले लो। तेज़ चलाओ। जल्दी!''

रातभर ऑपरेशन चला। ऑपरेशन थिएटर के बाहर हर्ष की पूरी दुनिया उसकी नज़रों के सामने घूम गई। ऑफ़िस, बॉस, वर्क-लोड, छोटी बातें लग रही थीं। अनगिनत फ़ोन कॉल्स, मैसेज भेज चुका था, रिसीव कर चुका था। सुबह-सुबह दोस्त और रिश्तेदार भी आ गए। दोपहर से पहले नेहा को होश भी आ गया।

नेहा के पास जाकर बहुत रोया हर्ष। बहुत ख़ुश भी था कि जान बच गई उसकी प्यारी पत्नी की। दिनभर नेहा के पास ही बैठा रहा। शाम को थोड़ी सुध हुई तो कुछ खाया। मुस्कराया। नेहा भी मुस्कराई। एक नयापन आ गया था रिश्ते में। नेहा अब भी कुछ बोल नहीं पा रही थी। सिर्फ़ हलके इशारे कर, आँखों से बात कर रही थी।

''टिकट्स और बुकिंग कैंसिल करवा देता हूँ!'' हर्ष ने हल्का मुस्कराते हुए कहा। नेहा ने आँखों से ही मुस्कराकर हाँ कहा।

रात को नेहा के कमरे में ही एक सोफ़ेनुमा पलंग पर पड़ा रहा हर्ष। नेहा अपने बेड पर गहरी नींद में सो रही थी। कितने दिनों बाद उसे ऐसा मौक़ा मिला था, जब नेहा साथ भी थी और एक एहसास भी थी। दिमाग़ में कोई परेशानी नहीं थी बल्कि अजीब-सी एक ख़ुशी थी, नेहा के साथ होने की। बाक़ी सारी चीज़ें तो बेमानी थीं।

हर्ष पड़ा-पड़ा खिड़की से बाहर देख रहा था। हॉस्पिटल एयरपोर्ट के

पास ही था। एक हवाई जहाज़ थोड़ी दूर, आसमान में दिख रहा था, टर्की ही जा रहा हो शायद।

कहाँ ख़ुशी ढूँढ़ रहा था वो, उस प्लेन में? या टर्की में?

हॉस्पिटल की उस रात से भी ज़्यादा ख़ुशी मिल सकती थी कहीं भला। एक-एक पल एक अलग-सा एहसास था। नेहा के पास होने का एहसास। ख़ुद से बात करने का एहसास। एक ऐसा एहसास था मानो वो हॉस्टल के रूम में लेटा हो। और नेहा के परफ्यूम वाले रुमाल ने उसके मुँह को ढँक रखा हो। खुशियाँ रुमाल से छन-छन कर आ रही थीं, साँसों में।

ख़ुशी ढूँढ़ते ढूँढ़ते जाने कितने ख़ुशनुमा पलों को यूँ ही ज़ाया कर दिया था उसने। आज ऐसा लग रहा था जैसे बचपन में माँ ने स्लेट धोकर डाल दी हो धूप में। कुछ भी नहीं लिखा दिख रहा हो उस पर। कुछ भी नहीं, जो दिनभर अपने खड़िए-चौक से खेचता रहता था हर्ष, स्लेट पर।

उसे अपने डॉक्टर पिताजी के आले की भी याद आ रही थी। कैसे कान में लगाए दिल की धड़कनें सुनता था। धड़कनें तभी सुनाई देतीं, जब सिर्फ़ धड़कनों को ही सुना जाए, और कुछ नहीं।

दुनिया और बाज़ार के शोर-शराबे में भी तो दिल धड़कता ही रहता है। पर सुनाई तभी देता है जब हम सुनना चाहते हों।

हर्ष ने नेहा की तरफ़ देखा। नेहा अब भी गहरी नींद में सो रही थी। कितनी प्यारी लग रही थी। 'कितनी मासूमियत है नेहा में। हर रोज़ और ज़्यादा ख़ूबसूरत हो जाती है!' उसने एक लंबी साँस ली और फिर खिड़की से बाहर देखने लगा। स्याह रात में और भी काले बादल घिर आए थे। सड़क की सुनहरी स्ट्रीट लाइट्स में बड़ी-बड़ी बूँदें चमकते हुए झड़ रही थीं।

उसे याद हो आई एक बात,

'भूगोल (Geography) की क्लास में टीचर ने एक बार पढ़ाया था। मोटी-मोटी बूँदों की वर्षा असल में छोटी-छोटी बूँदों की वर्षा होती है। बादलों से उतरते वक़्त ये छोटी-छोटी बूँदें जुड़कर बड़ी बूँदें बन जाती हैं।

...

और ज़िंदगी में यूँ ही अक्सर हम मोटी-मोटी ख़ुशियों की तलाश में छोटी-छोटी खुशियाँ गँवा देते हैं। अजीब है न!' हर्ष सोच रहा था।

For External Use Only

चप्पल का सोल जब पाँव की तलहटी से टकराता है, तो अजीब-सी 'चट-चट' की आवाज़ें आती हैं, हर क़दम में। एक मैराथन की दौड़ दौड़ी जाए अगर इन्ही चप्पलों में, तो ढीले तबले की बेसुरी ताल बजती है। एक अल्हड़ धुन आती है कानों में। जावेद को मैदान के कोने में खड़े-खड़े यही आवाज़ें आ रही थीं उस शाम। और अजय बेतहाशा भाग रहा था मैदान के जॉगिंग ट्रैक पर, अपनी चप्पलें पहने।

अजय की दौड़ कोई नई बात नहीं थी। वो अक्सर जॉगिंग पर जाता था। ट्रैक सूट पहने। पर आज की दौड़ थोड़ी अलग थी। अजय ने ट्रैक सूट नहीं पहन रखा था और न ही ख़ुद को फिट रखने के लिए दौड़ रहा था। शायद दौड़कर ज़िंदगी से आगे निकलने की कोशिश कर रहा था। कितना ज़ोर लगा रहा था अजय, ख़ुद को समझा रहा था, 'कुछ अलग नहीं है, कुछ भी तो नहीं है।'

शाम, रात के कगार पर खड़ी थी। वक़्त हो चला था पेड़ों के लिए कि वो लंबी साँसें लें। पंछियों ने शाम के शोर का परवान चढ़ा रखा था जैसे। और घोंसलों में भीड़ हो गई थी।

जॉगिंग ट्रैक से भी बड़े-बुज़ुर्ग वापस लौटने लगे थे। कुछ पास की बेंच पर बैठे, बहू-बेटियों पर फ़ब्तियाँ कस रहे थे। भेल वाले ने भी 'बस' कर दिया था, अपनी पोटली झाड़कर। आवारा कुत्ते उसके पास गिरी बची-खुची भेल खा रहे थे और रईसों के कुत्ते अपने मालिकों के महँगी कारों में बैठकर

पार्क से एक-एक करके घर जा रहे थे।

अजय को कुछ नहीं दिख रहा था। वो बस बिना रुके दौड़ रहा था। अचानक चप्पल की पट्टी टूट गई, अजय रुक गया। एक झटके में वो ज़िंदगी में वापस आ गया। साँस लेने लगा। सोचने लगा।

शिवानी और अजय के रिलेशनशिप को एक साल हो गया था। अजय मासूम-सी शक्ल वाला, एक छोटे-से शहर का लड़का था। अपनी बड़ी-बड़ी आँखों में छोटे-छोटे ख़्वाब लिए दिल्ली यूनिवर्सिटी में साइंस की पढ़ाई कर रहा था। शिवानी दिल्ली से ही थी। अजय के साथ ही पढ़ती थी। ख़ूबसूरत और बेबाक तो थी ही, पढ़ाई में भी अव्वल थी वो। एक कॉम्बो पैक में अगर भगवान ख़ूबसूरती और दिमाग़ को पैक करता, तो शिवानी जैसी ही कोई चीज़ बनाता। शिवानी को अजय की सादगी भा गई थी। आठ महीने की कोशिश के बाद अजय पटा था उससे। फिर अजय भी चाहने लगा था उसे। और चीज़ें ख़ुशगवार लगने लगी थीं, दिल्ली यूनिवर्सिटी के एक और कोने में।

चार घंटे पहले ही अजय को पता चला कि उसका ब्रेकअप हो गया था। उसे डिच कर दिया गया था। 'ब्रेकअप', 'डिच', वग़ैरह ये सारी नई बातें थीं अजय के लिए। इनको महसूस करना भी एक नया, अलग-सा एहसास था।

जावेद, अजय का दोस्त। अजय के साथ ही था उस दिन जॉगिंग ट्रैक पर। मैदान के टीले वाले हिस्से पर खड़ा था, जहाँ से पूरा ट्रैक दिख रहा था। खड़े-खड़े थक गया था, तो वहीं घास पर लेट गया। आसमान की तरफ़ देखते हुए तारे ढूँढ़ने लगा। दिल्ली की आबोहवा में आसमान में तारे कहाँ मिलते उसे। 'शायद दिल्ली दुनिया के नक्शे में ऐसी जगह है जहाँ से कहकशाँ का सिर्फ़ काला हिस्सा ही दिखता है।' जावेद भी साइंस पढ़ रहा था दिल्ली यूनिवर्सिटी में। अपनी सोच बड़ी अटपटी लगी उसे। लेटे-लेटे उसने अजय की तरफ़ देखा। वो एक हाथ में अपनी टूटी चप्पल लिए जावेद की तरफ़ ही आ रहा था। जावेद खड़ा हो गया अपने कपड़े झाड़कर।

दोनों चलने लगे फिर, सड़क के किनारे पकड़कर। सड़क की छतों पर स्ट्रीट लाइटें हल्की पीली रोशनी बरसा रही थीं।

अजय और जावेद एक बार तो रुके, एक-दूसरे को देखा और कोशिश की मुस्कराने की। अजय ने नज़रें चुरा लीं। हारे हुए सिपाही की तरह शक्ल

नीची कर ली उसने। पैरों से सड़क पर तैरते हुए ख़ाली चिप्स के पैकेट को धकेलने लगा दाएँ-बाएँ। जावेद ने देखा, अजय की पूरी शक्ल नमकीन पसीने से सनी हुई थी। कुछ क़तरे बरसकर सूख गए थे, नमक की एक धार-सी रह गई थी कहीं-कहीं। दिल्ली की धूल चिपक गई थी उन पर। पुराने कार का इंजन ऑयल मल लिया हो अजय ने जैसे। कुछ गीली बूँदें भी थीं चेहरे पर, जावेद को पता था वो पसीना नहीं था। आँखों से रास्ता बनाया था बूँदों ने।

सामने शिवानी का घर था। पहली मंज़िल पर। नीचे अजय खड़ा था कई सारे सवाल लिए। दौड़ते हुए अजय सीढ़ियाँ चढ़ गया। दरवाज़े पर दस्तक दी। दरवाज़ा खुला और अजय, शिवानी को लगभग धकेलता हुआ कमरे के अंदर तक आ गया। बालकनी के पास एक कुर्सी में एक स्मार्ट-सा दिखने वाला लड़का बैठा था। वहीं जहाँ कभी अजय बैठा करता था। अजय की कनपटी की नसें फूल गईं। अपने भीतर दिल की धड़कनों को और लहू की रफ़्तार को महसूस कर रहा था अजय।

बिना कुछ कहे वो सीढ़ियों से नीचे उतर आया। जावेद वहीं उसका इंतज़ार कर रहा था, एक खंभे से टिककर। अजय ने जावेद की तरफ़ देखा और जावेद ने अजय की तरफ़। उसने अजय के बेजान पड़ते बदन को कंधों से पकड़कर उठा लिया, सड़क पर गिरने से लगभग बचाते हुए। सड़क के किनारे अजय लड़खड़ा रहा था, सदमा खा रहा था। जावेद ने उसके भारी शरीर को आधा संभाल रखा था। जावेद उसे घर की तरफ़ लगभग घसीटते हुए ले जाने लगा।

''शायद इसलिए ही दोस्त होते हैं। भगवान ने गर्लफ्रेंड ही बनाई होगी पहले। फिर दोस्तों को बनाने की ज़रूरत आन पड़ी होगी।'' जावेद ने सोचा।

''दोस्त होते ही हैं मरहम के डिब्बों की तरह। कहीं और से मिले ज़ख़्मों पर लग जाते हैं, कुछ सुकून दे जाते हैं।

मरहम के डिब्बों पर अलग अलग चीज़ें लिखीं होतीं हैं, Manufacturing Date, Expiry Date, MRP । एक और भी चीज़ लिखी होती है, 'For External Use Only'.

वादी के दीमक

वादियों के बीच एक झील में, एक चप्पू चलाने की चप-चप आवाज़ आ रही थी। एक शिकारा था लकड़ी का और उसका मालिक गुल.फ़ाम कभी दाएँ, कभी बाएँ से चप्पू डालकर इस झील की कड़ाही में अपनी नाव तल रहा था।

झील के उस पार थोड़ी-सी ज़मीन थी उसकी, आबादी से बिलकुल कटी हुई। एक तर.फ़ जंगल था और दूसरी तर.फ़ झील। इतनी ख़ूबसूरत जगह थी कि सैलानियों की कभी कमी न होती, सालभर। गुल.फ़ाम उन्हें अपने शिकारे में सैर कराता और कुछ पैसे जोड़ लेता अपनी रोज़ी-रोटी और रोज़मर्रा की ज़रूरतों के लिए।

आज सुबह घर से निकला तो उसने देखा उसके शिकारे की लकड़ियों में कुछ जगहों पर दीमक लग गए थे। 'एक-दो दिनों में बाज़ार जाना ही है, दीमक मारने की दवा ले आऊँगा। शिकारे का पेंट भी उतर गया है अब। लकड़ियाँ हल्की सड़ने लगी हैं। इसमें पेंट और पॉलिश भी करना ज़रूरी हो गया है,' उसने सोचा।

साल के इस हिस्से में दीमक-फफूंद उग ही आती हैं लकड़ियों में। वैसे भी वादियों में फफूंद कुछ ज़्यादा ही उग रही थी आजकल। हर तरह की। दूसरे वाले दीमक-फफूंदों के लिए सरकार ने .फ़ौज लगा रखी थी वादियों के चारों तर.फ़। झील के पास भी .फ़ौजियों-सिपाहियों का होना आम बात ही थी।

पर उस सुबह नज़ारा कुछ अलग ही, बदला-बदला सा था। गुल.फ़ाम देख

रहा था, सन्नाटे में थी झील, कुछ ज़्यादा ही आज। दूसरे शिकारे और नाख़ुदा दिख नहीं रहे थे झील पर। कभी-कभी ऐसा होता था जब सुबह वो थोड़ी जल्दी निकल पड़ता काम पर। बाक़ी बरादरी के लोग झील की दूसरी तरफ़ रहते थे। शहर की तरफ़, जहाँ बाज़ार था।

'वहाँ पहुँचने पर ही चहल-पहल दिखेगी। ये रास्ता तो वैसे भी ख़ाली-ख़ाली रहता है,' खेते हुए गुलफ़ाम सोचता जा रहा था।

झील के दूसरे किनारे पर भी ख़ामोशी थी। न नाव, न सैलानी। कुछ फ़ौजी थे जो दूर से उसे लौट जाने का इशारा कर रहे थे। "इलाक़े में कर्फ़्यू लगा दिया गया है। आप अपने घर में ही रहें। कोई भी शख़्स अगर बाहर दिखेगा तो पुलिस उससे सख़्ती से निबटेगी।" दूर से आती लाउडस्पीकर की आवाज़ अब समझने लायक़ लग रही थी।

गुलफ़ाम घबरा गया, उसने फ़ौरन नाव मोड़ ली, वापस अपने घर के तरफ़। जल्दी-जल्दी और गहरा पानी खोदने लगा अपने चप्पू से। किनारे पर पहुँचकर अपनी नाव बाँधी और भागता हुआ घर के अंदर घुस गया। तुरंत रेडियो ऑन किया उसने। पाँच मिनट बिना रुके रेडियो सुनता रहा। फिर नतीजे पर पहुँचा कि कल शाम को ही कर्फ़्यू लगा दिया था पुलिस ने।

गुलफ़ाम ने सोचा, 'आज दिनभर कर्फ़्यू रहेगा शायद। कल फिर से सबकुछ ठीक हो जाएगा।' पर शाम को पता चला कि कर्फ़्यू की मियाद दो दिन और बढ़ा दी गई थी। घर में यूँ तो राशन था, पर गुलफ़ाम को थोड़ी चिंता हुई अपने दीमक लगे शिकारे की। उसकी मरम्मत ज़रूरी थी। ख़ैर, उसके घर और शिकारे के पास कोई पुलिस-सिपाही नहीं थे। फिर भी ऐहतियातन उसने घर पर ही रहना सही समझा। दीमक की सफ़ाई का सामान और पेंट वग़ैरह तो बाज़ार से ही मिलते और बाज़ार बस्ती में था। वहाँ तक जाने का एक ही ज़रिया था, गुलफ़ाम का शिकारा।

अगली सुबह चुपके से वो अपने शिकारे के पास गया और एक कपड़े के टुकड़े से वो दीमकों को जल्दी-जल्दी झाड़ने लगा। उसने जल्दी से काम निपटाया और वापस घर भाग गया। 'कहीं सिपाहियों का गश्ती दल यहाँ, झील के इस पार न या जाए।' पर एक कमी-सी लिए वो घर पहुँचा, 'ठीक से साफ़ नहीं हुआ है। ये दीमक इतनी आसानी से जाने वाले नहीं हैं।' सरकार,

पुलिस और प्रशासन ने भी शायद दूसरी तरह के दीमकों के बारे में यही सोचा होगा। मुनादी करवा दी गई रेडियो पर कि कर्फ़्यू अभी तीन दिन और चलने वाला था।

दीमक रुक नहीं रहे थे, सूखे कपड़े से झाड़ दिए जाते। फिर आ जाते, और ज़्यादा तादाद में। गुलफ़ाम की फ़िक्र बढ़ती जा रही थी। 'शिकारे को कुछ हो गया तो वो बस्ती कैसे जाएगा। बाज़ार से चीज़ें कैसे ख़रीदेगा।'

जैसे-जैसे दिन बीतते, गुलफ़ाम का डर बढ़ता जाता। रातों में भी ख़्वाबों को दीमक लग गए। झील के उस पार, बस्ती से भी, गोलियों की आवाज़ें आतीं। 'कोई दीमक मार रहा है दिन-रात,' गुलफ़ाम सोचते हुए सो जाता। ज़बरदस्ती आँखें बंद करके।

जगह-जगह शिकारे की लकड़ियों के ऊपर छोटी-छोटी गलियाँ बन गई थीं अब। दीमकों की पगडंडियाँ थीं ये। दीमक छिपकर रहते थे इनमें। नंगा हो रहा था शिकारा। दीमकों ने चाट-चाट कर सारा पेंट, सारी पॉलिश साफ़ कर दी थी, उस पर से। कमज़ोर हो रहा था, गुलफ़ाम का शिकारा।

'ये धुएँ वाले दीमक हैं। झाड़ने से नहीं जाएँगे।' गुलफ़ाम ने सोचा।

उस शाम जंगल के रास्ते से तीन हथियारबंद लोग गुलफ़ाम के घर में घुस आए। गुलफ़ाम उन्हें रोक न सका। अपने साथ बहुत-सा खाना और मेवा लाए थे। रातभर ख़ुद भी खाया उन्होंने और गुलफ़ाम को भी दिया। गुलफ़ाम के घर दो-चार दिनों के बाद चूल्हा जला था उस दिन। बावर्चीख़ाने के तंदूर से धुआँ उठ रहा था, घर एक चिराग़-सा दिख रहा था उस दिन। और गुलफ़ाम जिन्न-सा। मेहमान अब आक़ा बन गए थे।

अगली सुबह आक़ाओं ने हुक्म दिया कि गुलफ़ाम उन्हें अपने शिकारे में बिठाकर बस्ती तक छोड़ आए। उस सुबह गुलफ़ाम की सूरत भी उसके शिकारे-सी लगती थी। दीमकों ने चाट रखा हो जैसे। 'ये धुएँ वाले दीमक हैं। झाड़ने से नहीं जाएँगे।''

चारों नाव में बैठकर झील पार करने लगे। शिकारा कराह रहा था। लकड़ियों से बूढ़े की रोने-सी आवाज़ आ रही थी। दीमकों ने शिकारे को कमज़ोर कर दिया था। बहुत कमज़ोर।

सुबह वैसे तो झील में शांति ही होती है, पर आज सुबह की शांति

क़ब्रिस्तान जैसी थी। झील डरी हुई थी, शिकारा डरा हुआ था और शिकारे पर बैठा गुलफ़ाम भी।

"डर लग रहा है?" एक ने गुलफ़ाम के हाव-भाव को भाँपते हुए पूछा।

"जी," गुलफ़ाम ने बड़े आहिस्ते से कहा।

"मत डरो, अल्लाह हमारी मदद करेगा। हम चारों अल्लाह के रास्ते में जा रहे हैं।" उसने कहा।

'चारों? अल्लाह का रास्ता? सुबह-सुबह फजिर की नमाज़ तो पढ़ी नहीं किसी ने। ये अल्लाह वाले कब से बन गए। और चारों? इन्होंने मुझे कैसे गिन लिया अपने में। मेरा तो कुछ लेना-देना ही नहीं है इन नामुरादों से,' गुलफ़ाम नाव खेता रहा और सोचता रहा।

दूर से झील किनारे वाली पुलिस की चौकी दिखी, तो सारे सजग हो गए। बाज़ार से पहले ही पुलिस ने लाउडस्पीकर में चेतावनी दी। किनारा पास में ही था, हथियार चमक उठे। तीन में से एक ने कवर फायर दिया और दो ने झील के किनारे गोता लगा लिया। गुलफ़ाम के शिकारे पर गोलियाँ चल रही थीं। गुलफ़ाम के शिकारे से भी गोलियाँ चल रही थी। गुलफ़ाम सहमा-सा चप्पू चला रहा था।

तभी पुलिस ने एक रॉकेट दाग दिया। शिकारा धुआँ हो गया। सारे दीमक मर गए।

गुलफ़ाम ने ठीक ही सोचा था,

'ये धुएँ वाले दीमक हैं। झाड़ने से नहीं जाएँगे।'

मुंबई

तुम फिर मुंबई क्यों आ गए, मेरे लाख मना करने के बाद भी। माँ-बाप ने अच्छा लिखा-पढ़ा क्या दिया, हमारे जैसे लोगों का मन लगता ही नहीं है गाँव में। कितनी बार समझाया है मैंने तुम्हें कि गाँव के खेतों से, घर के कारोबार से, दूर मत जाओ। दूर जाओगे, तो रोओगे। पर तुम तो बात ही नहीं मानते हो मेरी।

अरे! इस शहर को मैंने कितने ही लोगों को डकारते हुए सुना है। मुंबई लोगों को खा जाती है और उनके क़िस्से-कहानियाँ उगल देती है। मुझे भी ये शहर रोटी देता है, मैं खाता हूँ और ग़ुस्से उगलते रहता हूँ। इस शहर से खुन्नस यूँ निकालता हूँ, मानो उबलते अंडे की तरह हल्की फट-फट की आवाज़ आती हो, दीवारों से टकराकर, देग़ची की।

बस में बैठे-बैठे जब सड़क के गड्ढों में टायर पड़ते हैं, तो दिमाग़ झन्ना जाता है। धूप और दूसरों के पसीने से सन जाती है मेरी सस्ती शर्ट। प्योर कॉटन भी नहीं है, ख़ुद के पसीने भी नहीं सोखती है। पूरा बदन चिप-चिप करता है धूप में, सड़क के किनारे।

और कभी ऐसे कि बारिश में पानी जुराबों में घुस जाए और जूते मच-मच करें हर क़दम पर, बारिश के रुक जाने के बाद भी। इस शहर में वक़्त गुज़र जाता है जल्दी से, मानो घड़ी की सुइयों में दिवाली का एक राकेट ही बाँध दिया हो किसी ने।

मैं घर फ़ोन भी नहीं कर पाता हूँ कई-कई दिन। माँ-बाप को तो यही

लगता होगा न कि बेटा उनको भूल गया है। उन्हें क्या पता कि मेरी आधी तनख़्वाह मकान के किराये में निकल जाती है। गाँव में सोचा भी नहीं होगा तुमने कि छत और बिस्तर इतने महँगे भी हो सकते हैं।

सुस्त पटरियों पर चुस्त ट्रेनें, लोहे के भूतों-सी लगती हैं। सय्यारों जैसे प्लेटफॉर्म पर उनका जमघट लगता है सुबह-शाम। छाती से बैग चिपकाकर, भूतों की सवारी करते अनगिनत बेतालों को देखता हूँ मैं।

याद है, अपने गाँव में एक इमली का पेड़ था, वहीं क़ब्रिस्तान के अंधे कुएँ के पास। बिना कुएँ में सिक्के उछाले अगर लपक लेते थे कच्ची इमली, तो रात में दस्तक पड़ती थी खिड़की पर, पेड़ के भूतों और चुड़ैलों की। लगता है वो इमली का पेड़ अब चलने लगा है। पटरियों पर। दफ़्तर-दफ़्तर दस्तक देते रेज़्यूमे बताते हैं कि सिक्के क्यों नहीं उछाले थे किसी ने।

याद है, मरीन ड्राइव पर उस दिन मैंने वक़्त के केले छीलकर खाए थे। उनके छिलकों में लम्हे फिसल गए। सूरज गिर गया था ग़श खाकर समंदर में। और मरीन ड्राइव साफ़ हो गई थी, अपने आसमान की तरह।

एक बार हम दोनों ने मिलकर गाँव के खलिहान से चावल के दाने चुराए थे और पकाए थे। पके नहीं थे दाने तो वहीं फेक दिया था तुमने। हज़ारों दाने, रात के आसमान पर। यहाँ भी किसी दिन कच्चे चावल पका लो, कि रात में भी आसमान सूना-सूना है। मरीन ड्राइव से भी तारे नहीं दिखते।

मुझे भी याद है, जब तुम आए थे पिछले साल इस शहर में तो अपना बटुआ और फ़ोन खो बैठे थे। गाँव से तो सयाने बनकर ही निकले थे तुम, मगर मुंबई में पहुँचते ही लाचार हो गए थे। न खाने को कुछ था, न छत थी, न पता। कहीं रोने तो नहीं लगे थे तुम, शहर में घुसते ही।

उस ट्रैफ़िक पुलिस के पास जाकर अपना दुखड़ा बताने में दस बार सोच रहे थे तुम। कहीं ये गाँव वाले दारोग़ा की तरह निकला तो मदद तो दूर, उल्टा पैसे माँग लेगा। क्या पता हाथ की घड़ी ही उतरवा ले। आख़िर पता कहाँ थे तुम्हें शहर के क़ायदे।

और जब तुमने उस ट्रैफ़िक वाले को अपनी तकलीफ़ बताई, तो उसने तुम्हारी हिम्मत बढ़ाई। अपनी जेब से पैसे देने लगा तुम्हारी मदद को। अजीब लगा होगा न तुम्हें, किसी पुलिसवाले को अपनी जेब से एक अनजान को

पैसे देकर मदद करते हुए देखकर। गाँव के उस पगले लक्कड़ बाबा की याद ज़रूर आ गई होगी। लक्कड़ बाबा कितना ख़ुश रहता था, कुछ न मिले तो ढूँढ़ लेता था और कुछ मिल जाए तो बाँट देता था। मुंबई में भी लक्कड़ बाबाओं की कमी नहीं है।

फिर तुम दो घंटे रोड किनारे, पेड़ के नीचे खड़े रहे अपना झोला पकड़े। शायद परेशान दिख रहे होंगे या रो रहे होंगे तो उस वडा-पाव वाले ने तरस खाकर ख़ुद ही तुमसे तुम्हारा हाल पूछ लिया और बिना एक पैसा लिए तुम्हारे नाश्ते का भी बंदोबस्त कर दिया। यूँ ही फ्री में ही टहलते हुए, खाते-पीते तुम मेरे पास पहुँच ही गए थे। समझ नहीं पा रहे थे तुम उस दिन कि शहर को कोसो या इसकी तारीफ़ करो।

तुम्हारा बटुआ और फ़ोन तो नहीं मिला फिर कभी, मगर तुमने अपनी चीज़ों को सही से रखना बख़ूबी सीख लिया था। ट्रेन में सफ़र करना, और उतरना-चढ़ना भी सीख लिया था। फिर इस शहर में ही बस गए तुम। अँधेरी से चर्चगेट की ट्रेन में एक और सीट कम हो गई थी या एक और खड़े होने की जगह। ट्रेन में आराम से खड़े होने की जगह भी सबब बन सकती है ख़ुशी का, गाँव की उस बैलगाड़ी में लेटकर कब सोचा होगा तुमने।

फिर पता चला तुम्हें कि इस शहर की पेचीदगियाँ ही इस शहर की सबसे बड़ी ताक़त हैं। एक ऐसी गोंद है या गीली लइ मुंबई की मुश्किल हवाओं में, जो लोगों को जोड़ती है। मुंबई एक सख़्त माँ है, जो अपने बच्चों को जीना सिखाती है, हर रोज़ थोड़ा-थोड़ा मज़बूत बनाकर।

मुंबई एक ज़िंदा शहर है, जो साँस लेता है। इसकी धड़कनों को भी सुन सकते हो तुम अगर कान लगाओ तो। और पेट की गुड़-गुड़ अगर कान न लगाओ तो भी। समंदर किनारे, बड़ी-बड़ी इमारतों के बीच में यहाँ-वहाँ नारियल के कई पेड़ हैं। ये शहर भी नारियल की तरह है, तुम इसे छिलके के साथ नहीं खा सकते। ये शहर प्यास भी बुझाता है और भूख भी। अगर तुम्हें नारियल खोलना आता हो तो। गाँव में, तुम्हारी गंजी खोपड़ी मुझे नारियल की तरह लगती थी। शायद तुमने मुंबई में नारियल खोलना सीख ही लिया है। दो-चार बार बातें भी हुई हैं तुमसे चिंचपोकली बंदर में, वहीं जहाँ तुम काम करने जाते हो। कितने बदल गए हो तुम। कितनी गहरी बातें कर जाते हो अब।

जिन चीज़ों पर एक रूठे बच्चे की तरह मैं खुन्नस निकालता हूँ शहर से, आज तुम उन्हीं में फ़ख्र महसूस करते हो। पूरे मुंबईवाले बन गए हो!

गाँव में मिश्रा जी के आम के बाग़ों में छुप-छुपकर हम कच्चे आम चुराते और फिर जी-भरकर खाते थे वहीं पेड़ों के नीचे। याद ही होगा तुम्हें।

इतने ज़्यादा कच्चे आम खा लेते कि नाक से ख़ून निकल आता था दोनों के। मैं बार-बार ख़ून को पोंछता और कभी ख़ुद को, कभी कच्चे आमों को कोसता रहता रास्तेभर। और तुम शान से ख़ून बहने देते, बेफ़िक्र, उनके सूखने तक। मुझे तो अब यक़ीन है कि तुम्हें फ़ख्र होता था कच्चे आम चुराने का, उनको खाने का। और इतना कि नाक से ख़ून निकल आए, जो दूर से तुम्हारे कारनामों की ज़ुबानी सुनाता रहे सबको।

मुंबई में हो अब, लोग तो गाँव में तुम्हारी बहादुरी के चर्चे करते ही होंगे।

ग़ायब करने वाली मशीन

रोशनी की हर एक किरण सात रंगों से मिलकर बनी है। हम इसे स्पेक्ट्रम कहते हैं। प्रिज़्म जैसी चीज़ से हम इन रंगों को अलग-अलग करके देख सकते हैं। बारिश में इंद्रधनुष भी इन्हीं सात रंगों की बुनी हुई चटाई की तरह आसमान में बिछ जाता है। धूप की किरणें जब खुलकर आसमान में बिखर जाती हैं, तो ही इंद्रधनुष बनता है।

"कोई भी रंग हमें वैसा इसलिए दिखता है, क्योंकि वो रोशनी के सारे रंगों को सोख लेता है और सिर्फ़ अपना रंग ही रिफ्लेक्ट करता है।" फिजिक्स के टीचर स्कूल में पढ़ा रहे थे।

"सफ़ेद रंग की चीज़ सारे रंगों को रिफ्लेक्ट कर देती है, वहीं काला रंग सारे रंगों को सोख लेता है। इसलिए गहरे रंग के कपड़े धूप में ज़्यादा गर्म हो जाते हैं।"

टीचर ने आगे कहा, "ये चैप्टर बहुत इंपोर्टेंट है, एग्ज़ाम में इससे सवाल तो श्योर-शॉट है। आने वाले मंडे-टेस्ट में भी इसी चैप्टर से सवाल पूछे जाएँगे।"

"सर, एक हरे रंग का पत्ता अगर हरा रंग रिफ्लेक्ट ही न करे तो क्या होगा।" सोनू ने खड़े होकर पूछ लिया

"क्या होगा? मतलब?" टीचर ने सवाल समझने की कोशिश किए बिना, सवाल पर सवाल दाग़ दिया। ज़ेहन में आया होगा, 'ज़रूर कोई वाहियात-सा सवाल होगा। बड़ी मुश्किल से तो पास होता है सोनू टेस्ट्स में।'

''सर, अगर हरे रंग की किसी चीज़ पर ऐसी रोशनी पड़े, जिसमें हरा रंग हो ही नहीं। सिर्फ़ छह रंगों की ही रोशनी हो। तो हरा रंग कुछ भी रिफ्लेक्ट नहीं करेगा। तो क्या होगा सर? हरा रंग ग़ायब हो जाएगा?''

'सचमुच बकवास सवाल है। इस लड़के से ऊल-जुलूल काम करवा लो बस! ऐसे ही जवाब लिखता होगा आंसर-शीट में। तरस खाकर टीचर पास मार्क्स दे देते हैं।' टीचर ने सोचा।

''नहीं बेटे, ऐसा कुछ नहीं होता। बैठ जाओ।'' टीचर ने प्यार से सोनू को चुप कराके बैठा दिया।

क्लास ओवर हो गई, बच्चे घर जाने लगे। सोनू गुमसुम-सा चल रहा था सड़क के किनारे-किनारे। 'टीचर का जवाब अधूरा-सा था।'

पढ़ाई-लिखाई में मन नहीं लगता था उसका। मन लगा भी लेता तो इज़्ज़त वाले मार्क्स नहीं ला पाता कभी। खींचकर बस बाउंडरी लाइन के उस पार कर देते थे टीचर। बस इतना कि रिपोर्ट कार्ड में लाल स्याही न लगे।

अपने बस्ते में एक छोटी-सी पोटली रखता था सोनू, जिसमें चमकते काँच के टुकड़े इकट्ठा किए थे उसने। हर रंग के।

कुछ कंचे भी थे, जिनको ज़बरन तोड़ दिया था उसने कि देखें अंदर क्या निकलता है?

हरे कंचे में पीले रंग की जो फ़ीते जैसी चीज़ है, तोड़कर बाहर निकालनी थी उसे। तोड़कर ही तो पता चला कि वो कोई फीता-वीता नहीं था। बस रंग का फ़र्क़ था।

'और बच्चे संभालकर रखते हैं कंचे। किसी ने तोड़ा नहीं। उन्हें तो अब भी ये फीता ही लगता होगा।'

चलते-चलते घर पहुँच गया सोनू। स्कूल वाला सवाल माँ से पूछ लिया। माँ बिज़ी थी। लाड़ले के लिए चावल, दाल, तरकारी, चटनी में ऐसी उलझी थी कि सवाल को कहीं खो दिया उसने। इतना कह पाई, ''स्कूल के कपड़े हैंगर में ही टाँगना। जूते उतारकर पाँव धो आओ। साबुन से हाथ धोकर बैठो। मैं खाना लगाती हूँ।''

शाम को पिताजी दफ़्तर से आए। सोनू ने दौड़ते हुए दरवाज़ा खोला और स्कूल वाला सवाल उगल दिया। पिताजी ने कहा, ''रोशनी से ही आँखों में

चीज़ों की इमेज बनती हैं। रोशनी चीज़ों से रिफ्लेक्ट न हो तो हम चीज़ों को देख नहीं पाएँगे।''

''टीचर ने तो बताया कि काला रंग कुछ रिफ्लेक्ट नहीं करता।'' सोनू ने बड़ी मासूमियत से कहा।

''हम्म्म, अच्छा! हाँ, बात तो सही है।'' पिताजी ने कहा।

''फिर काला रंग दिखता कैसे है पापा! वो ग़ायब क्यों नहीं हो जाता?'' सवाल में एक बेसब्री-सी थी।

''कुछ तो रिफ्लेक्ट करता होगा, तभी तो इमेज बनती है।'' पिताजी बोलते-बोलते सोच रहे थे।

''अच्छा चलो, जाओ खेलो। शर्मा जी आने वाले हैं अभी। उनसे ज़रूरी काम है।'' पिताजी ने भी सवाल से कन्नी काट ली।

अभी तक किसी भी जवाब से सोनू को तसल्ली नहीं हुई थी।

उसने अपनी पोटली उठाई और घर के बाहर पार्क में चला गया। एक साफ़-सी जगह ढूँढ़ी और आसन लगाकर बैठ गया। पोटली की पेंदी ऊपर करते हुए काँच के सारे टुकड़ों को ज़मीन पर उड़ेल दिया उसने।

एक-एक रंग को ध्यान से देखता रहा। हरएक काँच के टुकड़े के पीछे एक कहानी थी। बड़ी मुश्किल से एक-एक करके जमा किया था सोनू ने उन्हें। आज इतने सारे हैं उसकी पोटली में। जहाँ जाता है, शान से लेकर घूमता है अपना कलेक्शन।

शाम के सूरज की कम होती रोशनी एक ही रंग के शीशे को अलग-अलग रंग का बता रही थी, हर दो मिनट बाद। पता नहीं कब अँधेरा हो गया। सूरज झटके से डूब गया उस शाम।

अपनी पोटली में अपने ख़ज़ाने को चुन-चुन कर वापस डालने लगा सोनू। अँधेरा हो गया था। ठीक से दिख नहीं रहा था कुछ। कुछएक गहरे रंग के काँच के टुकड़े बड़ी मुश्किल से दिखाई पड़ रहे थे। अब ज़मीन पर टटोलने की नौबत आ गई थी।

सोनू को लगा, जैसे उसके काँच के टुकड़े ग़ायब हो गए थे।

सूरज ने सारे रंगों को सोख लिया था। काला हो गया था सूरज, पूरी तरह। ग़ायब हो गया था।

'अगर रोशनी नहीं आएगी आँखों तक, तो चीज़ें ग़ायब ही हो जाएँगी।'' सोनू को जवाब मिल गया था।

यही जवाब लिख दे सोनू अगर एग्जाम में, तो फिर शायद पास हो जाए। सिर्फ़ पास।

स्कूल के दूसरे बच्चे साइंस पढ़ रहे थे अपने-अपने घरों में। हॉर्लिक्स-बॉर्नविटा-च्यवनप्राश और मल्टी विटामिन वाली ख़ुराक़ ले-ले कर रट्टा मार रहे थे। आने वाले मंडे टेस्ट की तैयारियाँ चल रही थीं। सोनू ने भी तो पढ़ाई की थी, अपनी तरह से। उसने जवाब भी ढूँढ़ लिया था किताबों से बाहर। बस एग्ज़ाम में कैसे लिखना है, ये बात उसे समझ नहीं आ रही थी। सारे जवाब ज़ेहन में थे, लिखे हुए नहीं थे कहीं। काग़ज़ पर न उतारे गए तो टीचर 'जाहिल' की मुहर लगा देंगे।

'ऐसा स्कूल भी होता जिसमें रोशनी के सातों रंग पड़ते। कितना कलरफुल स्कूल होता। मेरा स्कूल कितना ब्लैक एंड वाइट है। मज़ा नहीं आता है पढ़ने में।' सोनू ने अपनी पोटली उठाई और घर जाने लगा।

'मेरी पोटली कितनी कलरफुल है। मेरी पोटली सबसे अच्छा स्कूल है।'

सत्ताईसवाँ स्कूल

शाम, रात की ड्योढ़ी पर खड़ी थी। ज़र्द पत्ते पेड़ों पर लटके-लटके ऊब गए थे अब। कुछएक टूटकर ख़ुद को हवाओं के सुपुर्द कर देते। जैसे बचपन में माँ एक बड़े चम्मच से चीनी घोल देती थी शरबत में। नींबू, रंग और चीनी कुछ यूँ गुँथ जाते एक-दूसरे से कि वजूद खो जाएँ अपना-अपना। हवाओं में कुछ इसी तरह घुल जा रहे थे पत्ते। हवाएँ कुछ और ज़र्द, थोड़ी और सर्द हो जा रही थीं। पत्तों के रंग उतरे जा रहे थे, एक-एक करके। ग़ायब हो जा रहे थे पत्ते, शाख़ों से, हवाओं में कहीं।

'हवाओं का हिसाब-किताब होता है भला?'

सियासी गलियारों में शोर था और बस्ती में सन्नाटा। गलियारे यूँ तो बस्तियों से ही निकलते थे, पर चलते-चलते इतनी दूर निकल आते कि बस्ती तक का रास्ता भूल जाते। शोर की सिलवटों में गलियारे थे, ऐसे कि जिनके दोनों तरफ़ सफ़ेद कुर्ते टँगे थे। किसी ने धोकर टाँग दिया था उन्हें। ये कुर्ते ही शोर करते थे अब टँगे-टँगे।

अब बड़े दरख़्त भी नहीं बचे थे वादी में। ये डर में झाड़ीनुमा ढेर लगा लेते और यूँ ही घुटके मर जाते हैं एक दिन। अगर जोश में आकर अपनी औक़ात से बढ़ गए, इंच ज़्यादा, तो क़लम सबसे पहले होंगे। झाड़ी की मौत तो बेहतर ही थी। यूँ ज़ोर से 'धम्म' की आवाज़ें नहीं होतीं और चीरकर लाशों से लकड़ी, गलियारों की मेज़ें-कुर्सियाँ नहीं तराशी जातीं।

झेलम कमज़ोर लग रही थी। रो-रोकर सूख गई थी शायद। कोई पश्मीना

ओढ़ा दे इसको कि लगता था निमोनिया हो गया हो। खाँसकर गिर न जाए झेलम पहाड़ों से।

ज़री वाली सुराख़ें बड़ी हो गई थीं जगह-जगह। कि इतनी गोलियों ने अंदर-बाहर किया था इनमें से। खिड़की थी या पैरहन, ज़री वाली, दीवारें सोचती रहती थीं।

धूप छनकर आ रही थी, आख़िरी धूप दिन की। बहुत पैनी थी वो धूप, तीरों की तरह चुभती थी आँखों में।

अहमद रोज़ देखता है पत्तों को, हवाओं को। बस्तियों की तस्वीरें बनाता है और गलियारों पर चिपका आता है। एक दरख़्त भी लगाया है उसने झेलम किनारे।

'बड़ा होगा ये दरख़्त। सींचूँगा मैं इसे'

खिड़कियाँ खोल दी हैं उसने। दिन-रात ताकता रहता है दरख़्त को। एक रखवाले की तरह।

अहमद को स्कूल जाना बहुत पसंद है। स्कूल में वो मन लगाकर लिखता-पढ़ता है, क्रिकेट खेलता है। पिछली बार जब स्कूल गया था और लंच ब्रेक में अपने दोस्तों के साथ क्रिकेट खेल रहा था, तो किसी ने अचानक स्कूल बंद करवा दिया। सारे बच्चों को वापस घर भेज दिया गया था। और मुस्तफ़ा की गेंद वहीं झाड़ी में ही छूट गई। अहमद ने ही शॉट लगाया था।

उस वक़्त अहमद ने ये सोचा था कि अगले दिन आकर मुस्तफ़ा की गेंद ढूँढ़ लेगा। अब याद नहीं कब, किस दिन सोची थी अहमद ने ये बात।

और मुस्तफ़ा? वो क्या सोचता होगा? इतनी मिन्नतों के बाद उसने अपनी गेंद दी थी खेलने के लिए। तय भी हुआ था, गेंद जो मारेगा वही ढूँढ़कर लाएगा।

"गेंद अभी भी वहीं होगी न। किसी ने उठा तो नहीं ली होगी, झाड़ियों में जाकर।"

"कुछ सिपाही भी थे, उस दिन जब स्कूल से घर आ रहा था। वहीं झाड़ियों के पास।"

"कहीं उनकी नज़र पड़ गई गेंद पर तो?"

"मुस्तफ़ा अब कभी गेंद नहीं देगा मुझे खेलने के लिए।"

अहमद हर रोज़ अपना बस्ता ठीक करता है रात को। सोचता है, सुबह स्कूल सबसे पहले जाकर दस्तक देगा, स्कूल के दरवाज़े पर। झाड़ियों में जाकर मुस्तफ़ा की गेंद ढूँढ़ निकालेगा। पर स्कूल जाने का रास्ता इतना सुनसान हो पड़ा है कि सिर्फ़ फ़ौजी बूटों की आवाज़ें आती हैं। आजकल वहाँ लोगों को जाने की मनाही है।

टीचर ने कहा था स्कूल वाले आख़िरी दिन कि होमवर्क में बड़ा मुश्किल सवाल दिया जा रहा है। सिर्फ़ अहमद ही सॉल्व कर सकता है। और अहमद थोड़ा शरमा गया था क्लास के सामने। यक़ीनन अहमद ही सॉल्व कर सकता था उस सवाल को। और उसने किया भी। वही होमवर्क पचीसों बार कर लिया है उसने। अब तो कॉपी भी भर आई है। बड़ी बेचैनी-सी भी रही शुरुवात के कुछ दिनों में। स्कूल में जाकर टीचर को होमवर्क दिखाता, ऐसा सवाल जो और कोई सॉल्व नहीं कर पाए, उसके सिवा।

'अब तो काफ़ी दिन हो गए हैं। और बच्चों ने भी जवाब ढूँढ़ ही लिया होगा।' अहमद ने सोचा।

वादी के सारे बच्चे घरों में बैठकर पन्ने भर रहे थे और पेंसिलें छिल-छिल कर बौनी हो रही थीं। जैसे उनके सिर्फ़ बीज बचे हों घाटी में।

इकतीस अक्टूबर दो हज़ार सोलह, सौ दिनों से ज़्यादा हो गए थे कर्फ़्यू को।

घाटी में सत्ताईसवाँ स्कूल जल रहा था।

'कोई दिन भी आएगा, जब पेंसिलों के बीजों को फिर से बोया जाएगा। झेलम किनारे...'

चवन्नी, अठन्नी

अगर एक रुपए में सोलह आने हुए तो, चवन्नी यानी चार आने हुए पच्चीस पैसे और अठन्नी, पचास पैसे। औकात में रुपया इनसे आगे भले ही हो, पर मुझे अपने बचपन में चवन्नियाँ और अठन्नियाँ बहुत भाती थीं। रुपए तक आते-आते ये पैसों के लिबास में ही रहती थीं। सिक्कों पर भी बड़ा-बड़ा 50 या 25 लिखा देखकर अच्छा लगता था। रुपए के सिक्के में 1 लिखा होने से तो बेहतर ही था।

ऐसा नहीं था कि मेरे बचपन में इनसे काफ़ी सारी चीज़ें ख़रीदी जा सकती थीं, लेकिन ये बाज़ार में पूरी तरह चलती थीं। इनकी कशिश अलग ही होती थी। दादी की कहानियों में भी काफ़ी अहम जगह थी इनकी। उनके ज़माने में इनकी बहुत पैठ थी। जानवर, खलिहान, राशन वग़ैरह के सारे सौदे पैसों में ही हो जाते थे। बड़े अचरज से हम सुनते थे, चवन्नियों और अठन्नियों की कहानियाँ।

पर कमाल की बात ये थी कि ये सिक्के दादी के ज़माने में भी चलते थे, मम्मी-पापा के ज़माने में भी और हमारे दौर में भी। 'कमाल के सिक्के हैं।' मैंने मान लिया था कि कुछ रहे या नहीं रहे, चवन्नियाँ और अठन्नियाँ हमेशा रहेंगी।

मैं आठ-नौ बरस का था। रुपए, सिक्कों को पहचानने लगा था और ये बात भी समझ में आ रही थी कि कौन-से सिक्के और नोट बाज़ार में कितना वज़न रखते थे। त्योहार में जब रिश्तेदारों के घर जाता या वो हमारे घर आते

तो मेरे हाथों में कोई कुछ न कुछ पैसे दे जाता। मैं उनको अपने पास रख लेता और बाद में कोशिश करता रहता कि यहाँ-वहाँ से उनको सिक्कों से बदल लूँ। 'नोट का क्या भरोसा, काग़ज़ ही हैं। सिक्कों में जो खनक है वो नोटों में कहाँ। और ख़ासकर चवन्नियों और अठन्नियों में अलग से मीठी-मीठी झंकार है।'

एक डिब्बे में सारे सिक्के इकट्ठा करता था। जब वो डिब्बा भर गया तो दूसरा भरने लगा, फिर तीसरा। 'कितने सिक्के होंगे पूरी दुनिया में। सारे इकट्ठे कर लूँ तो कितना मज़ा आएगा।'

एक बार बीस रुपए का नोट हाथ आ गया। उसको सिक्कों में तोड़ते-तोड़ते मुझे पूरा एक सप्ताह लग गया था। एक नोट से कितने सारे सिक्के निकल आए थे। 'बेवकूफ़ हैं वो लोग, जो नोट रखते हैं।'

पहले तो मेरे भाई-बहन, माँ-बाप ने मुझे हलके में लिया। सोचा होगा कि एक नई सनक होगी, उतर जाएगी। पर सालभर में भी जब ये सनक न उतरी तो परिवार और पड़ोस में मेरे डिब्बों के चर्चे होने लगे। उन डिब्बों के, जिनमें मैंने सिक्के इकट्ठे किए थे। जब कोई रिश्तेदार या पिताजी के दोस्त चाय पर आते, तो मैं बड़ी शान से अपने ज़खीरा दिखाता। पंद्रह-सोलह सौ सिक्कों का ज़खीरा। मेरे लिए अलिफ़-लैला की अशर्फ़ियों से कम नहीं थे वो। ज़्यादातर चवन्नियाँ ही थीं उनमें, फिर अठन्नियाँ और कुछ एक रुपए के सिक्के।

फिर लगभग अचानक ही एक दिन पैसों के सिक्कों का चलन खत्म हो गया। और मैं रातों-रात कंगाल हो गया। मेरे पास लोहे और स्टील के टुकड़ों के ढेर थे, जिन्हें अब कोई नहीं पूछता था। मेरी सालभर की कमाई पानी हो गई थी। मेरा दिल बैठ गया, जैसे किसी किसान की लहलहाती फ़सल बाढ़ में लुट जाए और किसान भगवान को कोस-कोस कर मर जाए। पर मैं कोसता भी तो किसे। क्या पता सिक्के कौन चलाता था। और क्यों लोग, जो कल तक इनके पीछे दीवाने थे आज लेने से क़तरा रहे थे।

'अरे! दादी के ज़माने से चला आ रहा था सिक्का, ऐसे कैसे बंद हो गया।' मैं बहुत दुखी हुआ। काफ़ी शर्मिंदगी-सी भी हुई, अपने ख़ज़ाने पर। जो अब सिर्फ़ एक अंबार बनकर रह गया था।

मेरी हैसियत में जितना हो सकता, उतना मैंने आसपास पता किया, बनिए

की दुकान से लेकर पड़ोस में शर्मा आंटी तक। दूधवाले से लेकर अख़बार वाले तक, मंदिर के पुजारी से मस्ज़िद के मौलवी तक। पर कोई इन सिक्कों के बदले नोट देने को राज़ी नहीं था। एक-दो सिक्कों की बात और होती, पर सिक्के इतने ज़्यादा थे कि सबने मुसीबत नहीं मोल लेने में ही अपनी भलाई समझी। सिक्कों के डिब्बे इतने भारी हो गए थे कि मैं उनको दूर ले भी नहीं जा सकता था। चलते वक़्त एक साथ खन-खन का शोर करते वो अलग।

एक सुबह मैं स्कूल की बस के लिए बस-स्टॉप पर इंतज़ार कर रहा था। वहीं पास में एक भिखारी बैठा था। एक अठन्नी मेरी जेब पड़ी थी उस वक़्त। मैंने उस सिक्के को भिखारी के कटोरे में डाल दिया। भिखारी को उस अठन्नी से कोई तकलीफ़ नहीं हुई। उसने ख़ुशी-ख़ुशी उसे रख लिया। मैं सोच में पड़ गया। 'क्या करेगा ये इस सिक्के का, कैसे ख़रीदेगा चीज़ें।' जहाँ तक मुझे पता था, लोग तो सिक्के लेने में क़तराते थे।

दो दिन बाद मैंने उसी भिखारी को पड़ोस के बनिए की दुकान पर देखा। उसकी सिक्कों से भरी थैली में से बनिए ने गिनकर सौ रुपए के सिक्कों की पोटली अलग कर रखी थी। उस पोटली में चवन्नियाँ-अठन्नियाँ भी थीं। उस पोटली के बदले उसने भिखारी को अस्सी रुपए दिए। और कुछ दस रुपए का राशन का सामान दिया होगा।

"मेरे कहने पर बनिया क्यों नहीं माना? मैं भी सौ के बदले अस्सी लेकर सिक्के दे सकता था।"

"बच्चा देखकर उसने संजीदगी से नहीं ली होगी बात।" मैं ख़ुद ही सवाल कर रहा था और ख़ुद ही जवाब ढूँढ़ रहा था।

"क्या करता होगा बनिया इन सिक्कों का? ये सिक्के तो बाज़ार में अब कोई नहीं लेता।" मैं सोचने लगा।

इस सवाल का जवाब ढूँढ़ने का सबसे आसान तरीक़ा था बनिए से ही पूछ लेना। अगर बनिए ने बताया तो ठीक, वरना फिर किसी और से पूछा जाता।

अगले दिन मैंने दो रुपए की टॉफियाँ ख़रीदीं बनिए की दुकान से। मैंने उसे एक रुपए का एक सिक्का और दो पचास पैसे के सिक्के दिए।

"बेटे अब अठन्नियाँ कहाँ चलती हैं।!" इतना कहकर धीरे से उसने सिक्के रख लिए और मुझे टॉफियाँ पकड़ा दी।

"अंकल, कहाँ चलाओगे आप इन सिक्कों को?" मैंने मासूमियत से पूछ लिया।

"गाँव में। वहाँ अभी भी चल जाती हैं।" बनिए ने कहा।

मैं घर लौट गया। सिक्कों के दर्द में दादी की बहुत याद आई। दादी गाँव में रहती थी चाचा जी के साथ। पिताजी को जब अपने दफ़्तर से छुट्टी मिलती थी, तो हम भी जाते थे दादी से मिलने, एक-दो दिनों के लिए।

मैंने घर में दादी से मिलने की रट लगा दी। पिताजी ने कहा कि अगले महीने जाएँगे। 'अगले महीने?' मैं तब तक कैसे सब्र करता अपने सिक्कों का बोझ दिल पर उठाए। नतीजतन, मैंने दादी से मिलने जाने की रट लगाए घर में भूख हड़ताल कर दी। अब तो पिताजी पर माँ का भी दबाव था। वो मान गए।

हम अगले सप्ताह ही गाँव गए दादी से मिलने। मैंने पूरी तैयारी कर ली थी। गिन कर पचास-पचास रुपए के सिक्कों की पोटलियाँ बना ली थीं। कुल छह पोटलियाँ थीं मेरे पास और कुछ चिल्लर अलग से। सारी पोटलियाँ मैंने अपने पिट्ठू बैग में भर ली थीं और ऊपर से दो-चार किताबें डाल ली थीं। जब हम गाँव पहुँचे तो पता चला कि मोहल्ले के बनिए की बात सच थी, गाँव में सचमुच चवन्नियाँ-अठन्नियाँ अब भी चल रही थीं।

दादी के घर में पहुँचकर मैंने मौक़ा देखते ही अपना पिट्ठू बैग टाँगा और सरपट गाँव में एक बनिए की दुकान पर गया। मैंने थोड़ी हिम्मत जुटाई और बनिए से कहा कि अगर वो चाहे तो मैं उसे दो सौ अस्सी रुपए के बदले तीन सौ रुपए दे सकता हूँ। बनिए को ये बात अटपटी लगी। शायद एक बच्चे के मुँह से। वो मेरा मुँह ताकने लगा। हारकर मुझे उसे पूरी कहानी सुनानी पड़ी। बनिया मान गया। पर एक नई समस्या आ गई थी। बनिए के पास देने लायक़ सिर्फ़ साठ-सत्तर रुपए ही पड़े थे गल्ले में। मैंने गिनकर अस्सी रुपए के सिक्के दिए और सत्तर रुपए नोटों में ले लिए उससे। काफ़ी वक़्त लग गया।

मतलब साफ़ था, अगर सारे सिक्कों को नोटों में बदलना था, तो गाँव जैसी जगह में मुझे कई दुकानों के चक्कर लगाने थे। अब तो इस बात का भी डर था कि इतने छोटे-से गाँव में अगर बात चार दुकानों तक जाए, तो चौदह घरों तक भी जाएगी। अगर माँ-पिताजी को पता चला तो वो क्या कहेंगे। दादी

क्या कहेंगी।

यूँ तो मैं पिताजी या माँ से भी कहकर सिक्कों को नोटों में बदलवा लेता। पर अपने ख़ज़ाने के ढेर पर इतनी शर्मिंदगी थी कि ऐसा कर नहीं पाया। अभी कुछ दिनों पहले ही तो घरभर में इतराता रहता था, अपने सिक्कों के ढेर के घमंड में चूर होकर। इसलिए किसी को कुछ बोल नहीं पाया।

उस दिन सुबह से शाम मैं एक दुकान से दूसरी दुकान भागता रहा। कई-कई लोगों को पूरी-पूरी कहानी सुनानी पड़ी। अनगिनत बार सिक्के गिनने पड़े। दुकानदारों से मिन्नतें करनी पड़ीं। आलतू-फ़ालतू की चीज़ें भी ख़रीदनी पड़ीं। पर दिन ढलते-ढलते मैंने अपने सारे सिक्के, नोटों में बदल लिए थे। ऐसा महसूस शायद सिपाहियों को होता होगा, कोई क़िला फ़तह करने के बाद।

पिट्ठू बैग कितना हल्का लग रहा था। और दिमाग़ भी। मैं ख़ुशी-ख़ुशी दादी के घर वापस लौट गया उस शाम। पता चला घर वाले मुझे ढूँढ़-ढूँढ़ कर परेशान हो गए थे। पिताजी ने थोड़ी डाँट भी पिलाई। पर सुकून की बात ये थी कि चवन्नियों और अठन्नियों के बारे में किसी को कुछ नहीं पता था। और मैं फिर से अमीर महसूस कर रहा था, मेरी सालभर की कमाई वापस मिल गई थी मुझे। कुल पचपन रुपए का नुक़सान हुआ था, फिर भी मैं ख़ुश था।

उस रात पूरे परिवार ने मिलकर खाना खाया। मैंने भी अपना अनशन तोड़ ही दिया था। सोने से पहले दादी से ढेर सारी बातें हुईं। और अगली सुबह पिताजी गाँव की सैर पर ले गए। पिताजी जब भी किसी दुकान में जाते, तो मैं नज़रें बचाकर वहाँ से कट लेने की कोशिशें करता। अजीब तो लगा ही होगा पिताजी को। पर मैं क्या ही समझाता उनको। और, उन्होंने भी इन बातों को तवज्जो न देते हुए नज़रअंदाज़ कर दिया।

दो दिनों के बाद हम वापस लौटने लगे तो दादी ने थोड़ा रुकने के लिए कहा। और ख़ुद पूरा घर छान मारने लगी। काफ़ी ढूँढ़ा पर जो ढूँढ़ रही थी, ढूँढ़ नहीं पाई। थोड़ी देर में मेरे पास आई और कहा,

''बेटे, शगुन के कुछ पैसे देने हैं। घर में सिक्के मिल नहीं रहे हैं। ये ले बीस रुपए, बनिए की दुकान से इनके सिक्के करा ला। तुझे दो अठन्नियाँ ज़्यादा दूँगी।''

नाड़े वाला पाजामा

पाजामें दो क़िस्मों के होते हैं। एक नाड़े वाले और दूसरे इलास्टिक वाले। नाड़े वाले पाज़ामे तारों वाले इयरफ़ोन की तरह होते हैं। सलीक़े से न रखें जाएँ तो हर इस्तेमाल से पहले गाँठें और गिरहें सुलझानी पड़ती हैं। और इलास्टिक वाले पाजामे ब्लूटूथ वाले हैंड्सफ्री हेडफ़ोन्स जैसे। झट से उतार लो, फट से चढ़ा लो।

आमिर की क़िस्मत में अभी इलास्टिक वाले पाजामे ही लिखे थे, कुछ और साल शायद। अभी आठ बरस का ही था। जूतों के फ़ीते भी ठीक से नहीं बाँध पाता। नाड़ा बाँधने और खोलने में वक़्त भी लगता है और हुनर भी। और आमिर अभी बच्चा था, कितनी देर बर्दाश्त कर पाता अगर जल्दी से नाड़ा न खुले तो। या कि उलझ जाए ख़ुद में और गाँठ बन जाए कमर के आगे। कितनी परेशानी हो जाएगी बैतुलहला (टॉयलेट) में। माँ ने भी इसलिए उसे इलास्टिक वाला पाजामा पहनाना ही ठीक समझा।

और आमिर, उसे तो बड़ा होने की जल्दी–सी मची थी। आजकल अपने पाजामे से परेशान रहता था। ज़िद पकड़ रखी थी लड़के ने, नाड़े वाले पाजामे की।

''कुर्ते के साथ कोई इलास्टिक वाला पाजामा पहनता है कहीं? तुम भी न अम्मी! कमाल करती हो,'' आमिर ने अम्मी से कहा।

अम्मी ने बात जैसे अनसुनी कर दी और अपने काम में मशग़ूल रही।

''मैं ये पाजामे पहनकर बाहर नहीं जाऊँगा, मुझे नाड़े वाला पाजामा ही

चाहिए,'' आमिर खीझ रहा था। अम्मी ने फिर भी कुछ नहीं कहा, तो आमिर ज़िद में पैर पटकने लगा।

''आमिर! ज़िद न कर! अब्बू को बोल दूँगी,'' माँ ने चेताया।

आमिर चुप हो गया। पर ग़ुस्सा अभी शांत नहीं हुआ था।

''मैं आज नहीं जाऊँगा बाहर खेलने फिर। जाओ!''

''मत जा!''

अरे! ये क्या निकल गया आमिर के मुँह से। खेलने नहीं जाएगा बाहर, क्या करेगा फिर पूरी शाम। ख़ैर! जा भी कैसे सकता था खेलने। और माँ को समझाकर मना भी कैसे सकता था। माँ थी कि बात ही नहीं मानती। ऐसी कौन-सी बड़ी चीज़ माँग ली थी उसने, दो पैसे का नाड़ा ही तो माँगा था। ''इलास्टिक से सस्ता ही होगा बाज़ार में।''

''कैसा लड़का है, बिना सिर-पैर की बातें करता है। यहाँ लड़के टी-शर्ट और जींस की ज़िद करते हैं और इन साहबज़ादे को नाड़ा चाहिए!''

''पाजामे में नाड़ा हो या इलास्टिक, क्या फ़र्क़ पड़ता है!''

''और इतनी छोटी-सी उम्र में बाँधेगा कैसे नाड़ा। कैसे संभालेगा अपना पाजामा।''

''नहीं-नहीं इसके लिए इलास्टिक वाला ही ठीक है। पगला है ये, इसे बस किसी न किसी चीज़ की ज़िद पकड़कर सताना है माँ को,'' माँ सोच रही थी।

और आमिर उखड़ा-उखड़ा सा जा रहा था कमरे के बाहर, धीरे-धीरे।

''शायद माँ पिघल जाए, बात मान जाए।'' हर एक क़दम ज़मीन में लगभग घसीटते हुए ले रहा था। चौखट तक आते-आते भी बात नहीं बनी, तब तो आमिर ने उम्मीद छोड़ दी।

लपककर सीढ़ियाँ चढ़ता हुआ घर की छत पर चला गया। छत के कोने पर खड़े होकर मैदान में देखने लगा। एक-एक करके बच्चे आने शुरू हो गए थे, शाम के खेल के लिए। मैदान की सूखी घासों की अकड़ ढीली पड़ने लगी थी, सूरज की ज़र्द रोशनी पर आँखें टिकने लगी थीं। मैदान सुबह के स्कूल के गेट की तरह चहकने लगा था। बच्चे आ रहे थे।

आमिर को ज़ोहरा दिख रही थी, अपनी सहेलियों के साथ।

''कुछ फ़र्क़ पड़ेगा उसको क्या? आज मैदान में मैं नहीं हूँ तो?''

अरुण, मन्नू और सुनील भी दिखे।

''कल मन्नू ने ही आउट किया था मुझे। बेमानी से। सुर्री गेंद थी वो। आज, कसर पूरी कर देता। दो छक्के लगता ज़ोर से। वहाँ जहाँ ज़ोहरा खेल रही है। क्या वो देखती मुझे जब बॉल उसकी तरफ़ मारता तो? मुझे विराट कोहली ही समझती वो।''

वर्मा अंकल अपने अहाते में बैठे थे, कुर्सी लगाकर। मैदान से सबसे नज़दीक उन्हीं का घर था।

''वर्मा अंकल को भी क्रिकेट पसंद है। मेरी बैटिंग की तारीफ़ भी की है उन्होंने।''

''मैं आज सबसे ज़्यादा रन बनाता। तो अंकल फिर तारीफ़ करते मेरी।''

''अब्बू को तो क्रिकेट समझ में ही नहीं आता है!''

दोपहर ढल चुकी थी। मैदान के एक कोने में पानवाले की गुमटी थी। पानवाले ने भी अपनी गुमटी खोल दी थी। दो-चार बड़े-बूढ़े उसकी दुकान से सिगरेट-पान ले रहे थे।

''स्वीट-सुपारी और पान-मसाला बच्चों के खाने के चीज़ नहीं है। अब्बू ने मना किया है।''

''मन्नू तो खाता है। कहता है इसमें ज़र्दा नहीं है। बच्चे खा सकते हैं।''

''मन्नू गंदा लड़का है। बेमानी भी करता है। सुर्री बॉल डालता है।''

''ह्म्म्म!'' धीरे से एक लंबी साँस ली उसने।

छत से हर चीज़ कितनी खुली-खुली दिखती है दूर-दूर तक।

फिर आमिर की नज़र तनवीर पर पड़ी। दस-ग्यारह साल का लड़का था, मैदान में बैटिंग कर रहा था। शायद आमिर की हिस्से की भी वाह-वाही मिल रही थी उसे आज। आमिर ग़ैर-हाज़िर था, मैदान से।

तनवीर ने भी मैदान से आमिर को देख लिया था। एक शैतानी हँसी थी उसके चहरे पर, जो सिर्फ़ आमिर देखकर महसूस कर सकता था। आमिर का छोटा-सा बदन ग़ुस्से से अकड़ गया और साँसें तन गईं। रंजिश से आँखों पर

ज़ोर पड़ने लगा। अमीर तेज़-तेज़ दाँत चबाने लगा। एक बार तो उसके जी में आया कि छत से ही चिल्लाकर तनवीर को दो-चार गालियाँ दे दे। पर ज़ोहरा का ख़याल आते ही रुक गया आमिर।

छत पर ठंडी-ठंडी हवा चल रही थी। धीरे-धीरे, कुछ मिनटों में उसका ग़ुस्सा भी थोड़ा ठंडा हो गया। और लंबी-लंबी साँसें लीं उसने। फिर एकटक पंछियों के झुंड को आँखों से ओझल होते तक देखता रहा। आमिर आसमान की तरफ़ देख रहा था, आज अपने ऊपर बड़ा तरस आ रहा था उसे।

''माँ मानती ही नहीं। कैसे कहूँ उसको तनवीर की करतूतें। ज़ोहरा के सामने कल उसने पाजामा खींच दिया था पीछे से। झटके में इज़्ज़त उतर गई थी जो शामभर एक-एक रन बटोरकर कमाई थी। कमर और कलाइयों को ज़ोर देकर छक्के-चौके लगाए थे। हीरो से जीरो बना दिया था तनवीर ने, एक पल में। और मैं कुछ कर भी नहीं पाया। लोग अचानक हँसने लगे और तनवीर दूर भागकर दीवार पर चढ़ गया था। मैंने अपने पाजामे को अपने टखनों के ऊपर से बटोरा और कमर तक ले गया।

इज़्ज़त एक बार उतर जाए- फिर वापस थोड़े न चढ़ती है। शुक्र है कुर्ते घुटने तक होते हैं। पर हवा चल जाती तो, क्या करता?

माँ को समझाऊँ कैसे। माँ बात ही नहीं मानती। तनवीर वाला क़िस्सा सुना भी नहीं सकता। घरभर में मज़ाक का सबब बन जाऊँगा। सबसे पहले माँ ही हँसेगी। अब मैं छोटा थोड़े ना हूँ कि नंगे होने में तकलीफ़ न हो। स्कूल की बेल्ट लगा लूँगा कुर्ते के नीचे, कल से। हाँ! ये सही रहेगा। पर एक नाड़े वाला पाजामा होता अगर मेरे पास। तो कितना अच्छा होता।''

मेरी प्यारी यमुना

अस्सी साल के सहगल साहब का पूरा बचपन यहीं बीता था, यमुना के किनारे। पूरी जवानी और आज का बुढ़ापा भी यहीं यमुना किनारे कट रहा था। दस सालों से उनके बेटे-बहुएँ और पोते-पोतियाँ अमेरिका में रहते हैं। बड़ी कोशिश की उन्हें अमेरिका ले जाने की सबने। पर सहगल साहब दिल्ली छोड़ने को तैयार ही नहीं हुए कभी।

कुछ महीनो में कोई न कोई अमेरिका से चक्कर लगाता रहता सहगल साहब के पास। मिन्नतें की जातीं उनको अमेरिका ले जाने की। पर सहगल साहब कभी टस से मस न हुए। पुश्तैनी मकान बहुत बड़ा था और रहने वाला कोई नहीं। बेटों ने मकान बेच दिया और एक आलीशान फ्लैट ले लिया 'मयूर-विहार' में। वहीं सहगल साहब रहते थे अब। यमुना किनारे।

"उन-दिनों यमुना-किनारे उस जगह को कहते थे जहाँ से यमुना दिखे। आजकल यमुना किसी को नहीं दिखती। ग़ायब हो गई है। मेरी प्यारी यमुना।" सहगल साहब या तो ख़ुद से बातें करते या सुनील से, जिसे उनके बेटों ने बतौर नौकर सहगल साहब के साथ रख छोड़ा था। बड़ा भरोसेमंद आदमी था सुनील।

"एक वक़्त था जब यमुना बहा करती थी। उसके साफ़ पानी में मछलियाँ दिखती थीं, पानी में किसी नाव से झाँकने में। कुछ बच्चे डुबकी लगाते हुए भी अक्सर दिख जाते थे इस नदी में। सुबह और शाम का वक़्त बहुत ही ख़ास हुआ करता था। हल्की ठंडी हवा जब चेहरे पर पड़ती तो चेहरे पर सेहत की

चमक आ जाती, यमुना के किनारे।

थोड़ी दूर में बाग़ीचे भी थे, जिनमें पेड़ के पत्ते खिले-खिले जानदार दिखते थे, मानो साँस ले रहे हों। पेड़-पौधों को बस देखकर ही आँखों में ठंडक पहुँच जाती थी। दिन में तितलियों का बसेरा था और रात में जुगनुओं का जमघट हुआ करता था। यहीं यमुना के किनारे।''

सुनील को सहगल साहब की बातें परियों की कहानियों-सी लगतीं। यूँ तो सुनील, सहगल साहब के साथ ही घर पर रहता था, पर कभी-कभार जब बाज़ार जाता या सहगल साहब को सैर के लिए ले जाता, तो उसने भी एक यमुना देख रखी थी, जो सहगल साहब की कहानी से बिलकुल मेल नहीं खाती थी।

सहगल साहब अक्सर यमुना के क़िस्से सुनाते रहते सुनील को।

''नदियाँ अक्सर अपने आस-पास बस्तियों और आस्तियों को जगह दे देती हैं। इंसान के पैदा होने से लेकर मरण और उसके बाद तक का बंदोस्त करती हैं नदियाँ। यमुना ने भी जगह दी, कई बार। और कई बार तो एक ही शहर में अलग-अलग जगहों पर।

दिल्ली में एक बस्ती ख़त्म नहीं होती थी कि थोड़ी ही दूरी में दूसरी शुरू हो जाती उन दिनों। लोगों की कमी यूँ तो दिल्ली में कभी नहीं थी। पर धूप-बारिश-हवा पूरी-पूरी लगती थी बदन में। और यमुना दिल्ली के एक छोर से छूती हुई दूसरे छोर पर निकल जाती।

यमुना अपने अंदर से बस्तियाँ निकालती रही और मिट्टी चबाती रही। मिट्टी के साथ फिर क्या-क्या चबा गई यमुना, ये वही बेहतर जानती है। लाल सैंडस्टोन और सफ़ेद संगमरमर के बीच से बहती थी, लाल क़िले के पीछे। यमुना का बहाव बड़ा तेज़ था उसमें से। इसी गली की सरहदों को घिसकर यमुना क़िले में घुसना चाहती थी, एक वक़्त। फिर यमुना ने इरादा बदल दिया, क़िले में धब्बे थे बहुत और यमुना साफ़। कहाँ धब्बों को धोती फिरती बेचारी, उस वक़्त।

किसी ने सोचकर ही नाम 'सरिता-विहार' रखा होगा। सरिता का मतलब 'नदी' ही होता है। यमुना के लिए ही कहा होगा उसने। खुला मैदान था, कुछ पेड़ भी थे। अपने खेत-खलिहान पर नाज़ था सरिता को तब।

यमुना किनारे, 'मयूर-विहार' पर मोर नहीं दिखते अब, उन दिनों दिखते थे। मयूर का मतलब मोर होता है हिंदी में। सावन में दोनों नाचते थे। यमुना भी और मोरों के झुंड भी। जब लोग ज़्यादा हो गए तो सारे मोर गुम हो गए कहीं, यहीं यमुना में।

'कालिंदी-कुंज' के पास पंछियों का बसेरा था। या यूँ कि पंछियों का बसेरा था, 'कालिंदी-कुंज', ओखला, और शाहीन-बाग़ जैसी बस्तियाँ आ गईं। फिर बढ़ती चली गईं। यमुना उड़ सकती तो उन पंछियों के साथ उड़ जाती। पर रेंगकर रह गई। मेरी प्यारी यमुना।''

सहगल साहब के पास यमुना पर क़िस्सों का पिटारा था जो कभी ख़त्म ही नहीं होता। हर दफ़ा एक नई कहानी तैयार रहती यमुना के बारे में। उनकी पत्नी शायद यमुना को सौतन ही समझती हो। इसलिए कुढ़-कुढ़ कर बहुत पहले ही स्वर्ग सिधार गई बेचारी। पत्नी की चिता को आग भी यहीं दी थी सहगल साहब ने। बहुत रोए थे यमुना के किनारे तब। काफ़ी दिनों बाद यमुना किनारे आए थे उस दिन। यमुना देखकर रो रहे थे या पत्नी का ग़म था, पता नहीं।

''एक जामुन का पेड़ था मेरे घर में। बड़े-बड़े, ख़ूब काले-काले जामुन होते थे उसमें। बचपन में मैं अपनी पोटली में जामुन भर लेता और यमुना किनारे भाग जाता था, घर वालों की नज़रें बचाकर। वहीं बैठकर दिनभर कुछ जामुन खाता और कुछ फेंकता रहता यमुना में।''

उस जामुन के पेड़ पर ढेर सारे काले कौवे आ जाते थे, जामुन खाने। दिनभर काँव-काँव का शोर करके घर सिर पर उठा लेते थे। दिल्ली में भी उन दिनों बहुत काँव-काँव हो रही थी। संसद मार्ग पर भी कोई जामुन का पेड़ होगा शायद।

फिर मेरी शादी हो गई एक दिन, तेरी मेमसाहब आई इस घर में। उन्हें वो जामुन का पेड़ बिलकुल नहीं भाता था और अक्सर मेरा यमुना किनारे जाना भी। पके जामुन जब फर्श पर गिरते तो दाग छोड़ जाते और पंछियों का बखेड़ा अलग। इन सबसे तेरी मेमसाहब को बहुत ग़ुस्सा आता था।

बेचारी के मरने से कुछ दिनों पहले ही जामुन का पेड़ भी ख़ुद-ब-ख़ुद सूख गया था। जब मरी तो जामुन की कुछ लकड़ियाँ भी थीं उसकी चिता में। उसी पेड़ की। पेड़ के फलों की ही तरह लकड़ियाँ भी पूरी काली थीं।

हम्म्म। बड़ी अच्छी औरत थी तेरी मेमसाहब। मेरा बहुत ध्यान रखती थी। जब तक ज़िंदा थी, मेरे सफ़ेद बालों में लाल मेहँदी घिसकर लगा दिया करती थी।

"उसके जाने के बाद जैसे-जैसे मेरे बाल काले से सफ़ेद हो रहे थे, यमुना सफ़ेद से काली होती जा रही थी। मेरे ही बाथरूम के शावर से धुलकर बालों के रंग यमुना में जाते होंगे। आज मेरे पूरे बाल सफ़ेद हो गए हैं और शायद यमुना पूरी काली। जामुन की तरह। मैंने ही फेंके थे काले जामुन। और उसकी राख। मैंने ही गंदा किया है।"

"मेरी प्यारी यमुना! मेरी प्यारी यमुना!" कहते-कहते सहगल साहब ख़ूब रोने लगे।

नया नाम

इस बार जब मुंबई से दिल्ली आया, तो दिल्ली में सरकार बदली हुई थी। नए वादों पर लोगों ने भरोसा किया था। कुछएक पूरे हो भी रहे थे शायद। इस बार दिल्ली की फ़िज़ा अलग-सी मालूम होती थी। स्टेशन से घर जाते हुए, लोगों की आँखों में एक चमक देखी थी मैंने। मैं भी नयापन ढूँढ़ने में लग गया इस शहर में। दिल्ली की आबोहवा मुंबई तक नहीं पहुँच पाती है। वहाँ तो स्टेटस-क़ो ही दिखता आया है मुझे।

बस स्टॉप पर कभी बातें होतीं लोगों के बीच, तो चुपचाप कान गड़ाए सुनता रहता। किसी ने डिस्कशन में खींच लिया, तो हाँ में हाँ मिला देता। अपनी दिल्ली को एक परदेसी की नज़रों से देख रहा था मैं। मुझे तो पुरानी वाली ही लग रही थी ये। पर मेरा लगना भी कोई लगना है, पत्नी ने कई बार साबित की है ये बात। "जूते, जुराबें, और रुमाल तक तो ठीक से ले नहीं पाते, दफ़्तर में जाने क्या करते होगे।"

बहरहाल, मुझे तो मुंबई में भी कुछ नया नहीं दिखता। बस पहले बंबई थी अब मुंबई हो गई है। मेरी सोच और नज़र फुटपाथ पर भीकू भिखारी या सिग्नल पर झंडे बेचते छोटू से ऊपर जाती ही नहीं हो शायद।

"दोष नज़र का ही है, इतना कुछ तो बदल गया है, इतना कुछ तो बदल रहा है। कुछ लोग देख ही नहीं पाते।" बस में आगे की सीट पर बैठे एक बुजुर्ग ने अपनी बग़ल में बैठे एक बुजुर्ग से कहा। बात ऐसी थी कि मानो उन्होंने मेरी सोच पढ़ ली हो, वो मुझसे ही कह रहे हों।

मैं अगले स्टॉप पर उतर गया। पास में ही एक बाज़ार था, कॉलेज के दिनों में अक्सर वहाँ जाया करता था। दोस्तों की मंडली इतनी बार दिखती थी यहाँ कि हमने आपस में सुझाव दिया कि मार्केट का नाम कॉलेज के नाम का एक्सटेंशन कर देते हैं। सारे ठहाके मारकर हँस पड़े थे उस दिन।

उस बाज़ार में एक मिठाईवाले की दुकान थी, हम अक्सर बालूशाही खाते थे वहाँ। आज उसी दुकान के सामने खड़ा था। एक बालूशाही मँगवाई। ज़ायका बिलकुल वही थी। हाँ, चांदी की तबक थोड़ी ज़्यादा थी इस बार।

हर मंडली में, हर दुकान में ये मालूम होता गया कि पुरानी मिठाइयों में जज़्बातों की चमचमाती चांदी की तबक लगी थी शायद। और ज़्यादातर लोग मिठाई की पहचान तबक से ही करते आए हैं अब तक। चखकर देखने की औक़ात और साहस कुछएक में ही होता है।

चलते-चलते एक दुकान में पूछ लिया, "नया-सा है नाम इस बाज़ार का, पर बाज़ार तो पुराना लगता है?"

दुकानदार ने कहा, "ये वही जगह है जहाँ 300 साल पहले हमारे राजा ने हमलावरों से जमकर मुक़ाबला किया था। ये नया नाम राजा के नाम पर है। आप काफ़ी दिन बाद आए हैं यहाँ लगता है।"

बाज़ार के एक दूसरे कोने एक और छोटी-सी दुकान में एक ने कहा, "ये जगह तो वही है जहाँ आज़ादी से पहले गांधीजी ने अनशन किया था।"

एक और कोने में किसी ने बताया कि उसके पूर्वज को एक पेड़ पर यहीं देवी माँ के साक्षात दर्शन हुए थे। आज जब निज़ाम बदला है, तो लोगों ने जगह का नाम बदल दिया।

बाज़ार में कुछ ख़रीदकर घर लौटने लगा, बस में चढ़ा और सोचने लगा टिकट कहाँ का लूँ। पता तो निज़ाम का मोहताज है।

बड़ी मुश्किल होती होगी इस टिकट कंडक्टर को। हर पाँच साल बाद।

मर्द

घीसू शक्ल से ही बदमाश दिखने लगा था। गाँव में जब तक था, लोग बताते हैं कि मेहनती था। अपना खेत था, मेहनत-मज़दूरी करता था दिनभर और परिवार का सहारा था। फिर माई ने एक दिन शादी करवा दी। कहा, "बच्चा ज़िम्मेदार तो है ही, अब ज़िंदगी से और क्या चाहिए। बुढ़िया अपने पोते का मुँह देख लेगी और सो जाएगी, और क्या।"

पहले साल ही सास-बहू की तू-तू, मैं-मैं में घर की शांति भंग हो गई। घीसू बहाने बनाकर या तो देर से आता या रात-रात भर घर से बाहर ही रहने लगा था।

शहर वाले नशे का फ़ैशन शुरू ही हुआ था, अभी उसके गाँव में। काम बड़ी जल्दी, सफ़ाई से होने लगा था। सुई में भरकर एक दवा बुद्धन लगा देता और कुछ पैसे लेता था, पर जन्नत का क्या ही मोल!

फिर आज़ादी भी तो थी, जहाँ मन वहाँ पड़ जाए। अपने बाप की तरह दारू पीकर गाँव में बवाल तो नहीं मचाता घीसू। अच्छा हुआ जल्द ही मर गया, बचपन में बड़ी तकलीफ़ दी थी माँ को और पूरे परिवार को। लोग कहते थे, अच्छा आदमी हुआ करता था घीसू का बाप एक वक़्त में।

सोचते-सोचते घीसू ने अपने घर के दरवाज़े पर दस्तक दी थी उस शाम। आख़िरी दिन था उसका गाँव में। नशे में भी रोया था वो, गाँव और अम्मा को छोड़ते हुए। पर पत्नी के आगे चलती ही किसकी है। उसकी पत्नी बिमला, सुलझी-सी औरत थी। एक बड़ा लड़का और एक लड़की, दो बच्चे थे उसे

घीसू से। पारिवारिक कलह के बावजूद बड़े प्यार से पाल रही थी उनको। ख़ुद थोड़े दिनों स्कूल भी गई थी अपने बचपन में। अच्छे आदर्शों का महत्व जानती थी। पति के निठल्ले और नशेड़ी हो जाने के बाद भी उसे नहीं छोड़ा। पत्नी-धर्म निभाती रही। आज बैलगाड़ी में बैठकर शहर जा रही थी, अपने बच्चों और पति के साथ।

चौखट पर घीसू की माँ दहाड़े मार रही थी। झुर्रियाँ वक़्त से पहले ही आ गई थीं। पति के बाद परिवार को एक शेरनी की तरह पाला था उसने। ज़बान भी वैसी ही चलती थी उसकी। जैसे-जैसे हड्डियों में जान जाती गई, ज़बान की धार बढ़ती जा रही थी। उसके पति ने घीसू को सिर्फ़ पैदा किया था, माँ-बाप दोनों तो वो ख़ुद ही थी। आज जब बहू बाग़डोर संभालने लगी तो ये बात उससे बर्दाश्त नहीं हुई।

बहू ने सोचा, गाँव से सटे शहर में उसका भाई रमेश रहता है, वहाँ चली जाएगी कुछ दिन। "जब बुढ़िया का दिमाग़ ठिकाने आ जाएगा, तो वापस आ जाएगी परिवार के साथ। क्या पता, नई जगह में इनकी नशे की लत भी छूट जाए। वहाँ वो गिद्ध बुद्धन तो है नहीं।"

शहर में भाई तो मिला, पर उससे कुछ भी मिलने की कुछ उम्मीद नहीं दिखी। जब फ़ोन पर बात करता था कभी-कभी, तो बड़ी डींगें हाँकता था, शहर में इसके पास ये है, वो है। आज जब दीदी सामने दिखी तो अपने बालिश्तभर घर में सकपका गया।

"दीदी, बताकर तो आती।"

"तो क्या कर लेता तू। ताजमहल बनवा देता?"

"दीदी, शहर में ऐसे ही रहते हैं लोग।"

"इससे बड़ी जगह में पिताजी की मुर्ग़ियाँ रहती थीं।"

फिर कुछ नहीं कहा भाई ने।

थोड़ा रुककर बोली, "छोड़, ग़लती मेरी ही है। मुझे बताकर आना चाहिए। और, कैसा है मेरा भैया? मेहनत कर रहा है न शहर में?"

"हम्म्म..." रमेश ने और कुछ नहीं कहा।

क्या कहता, शहर में क्या करता था। जो भी काम मिल जाता था, बस कर लेता है। गाँववालों ने पिछले बरस हीरो बनाकर भेजा था। वापस कैसे जाता।

हीरोगीरी तो कूट-कूट कर भरी थी न मुए में।

बिमला को तो एक बार मन में आया भी कि अभी के अभी गाँव वापस लौट जाए। फिर थोड़ा ठंडे दिमाग़ से सोचा, ''शहर आ ही गए हैं, कुछ दिन काट लेते हैं। अपनी बात भी रह जाएगी। इस शहर ने हज़ारों को पाला है, हमें भी पाल लेगा।''

उस रात परिवार ने एक फ्लाईओवर के नीचे वक़्त काटा। घीसू ने अभी तक कुछ नहीं कहा था। घीसू का बेटा मंगल सब देख रहा था। पर चुप था। ''अरे 11 बरस का लड़का भी इतनी देर चुप रहता है कहीं। साँप क्यों सूँघ गया है इस लड़के को?'' बिमला ने सोचा। इतने में मंगल उठा और पास में लगे एक चुनावी पोस्टर को फाड़कर ले आया। पोस्टर इतना बड़ा था कि एक हाथी भी लपेटा जा सके। और प्लास्टिक की क्वालिटी सालों साल चलने वाली।

उसने दो लकड़ियाँ लगाईं और एक तंबू बना दिया। शहर में उनका घर। इस उम्मीद में कि कुछ दिनों की ही तो बात है।

और पता नहीं कब एक बरस यूँ ही निकल गया।

घीसू कोने में आज भी वैसे ही पड़ा रहता जैसे पहली रात को था। जाने दिनभर कहाँ रहता था। रात में आता, कुछ खाता और सो जाता अपने कोने में।

पिछले महीने मंगल गया था गाँव, दादी से मिलने। दादी नहीं मिली। और खेत भी किसी और का हो गया था। लोगों ने कहा, चिंता की कोई बात नहीं, बुढ़िया का दाह संस्कार पूरी श्रद्धा के साथ गाँववालों ने किया था, वहीं गाँव के श्मशान में। इससे ज़्यादा एक बच्चे को बताना किसी ने ज़रूरी नहीं समझा।

मंगल वापस लौट आया, माँ को बात बताई। बिमला रोई थोड़ा-सा उस दिन।

घीसू इन सब से अनजान था। किसी ने उसे ये बात नहीं बताई। शायद उसको पहले से ही पता थी बात। शायद जा-जा के मिलता भी था माँ से।

''उसी ने बेच दी होगी ज़मीन,'' मंगल ने सोचा। ''वरना पैसे कहाँ से आते हैं। करता ही क्या है दिनभर।''

अगले ही दिन पुलिस आई और घीसू को उठा ले गई। बलात्कार का

आरोप था घीसू पर। छह बरस की बच्ची को बेरहमी से मार दिया गया था, फिर।

पुलिस ने जमकर डंडे बरसाए। लोगों ने सुना कि घीसू ने गुनाह क़ुबूल भी कर लिया है।

पुलिस डंडे मारते हुए कह रही है, "बड़ा मर्द बनता है, ले बन!"

घीसू चिल्लाता, "पैसे होते तो मर्द बनना आसान होता है!"

पुलिस स्टेशन में एसपी साहिबा आईं। बड़ी सख़्त थीं वो।

"कैसा चल रहा है?"

"मैडम, उसने मान लिया है।" सिपाही ने कहा।

"हम्मम।"

"हमने तो उसकी मर्दानगी भी ख़त्म कर दी है।"

"वो कभी मर्द था ही नहीं। ऐसे लोग भेड़िए होते हैं, मर्द नहीं।"

कुछ दिन बाद पुलिस लॉकअप में ही घीसू मर गया। फाइल बंद हो गई। पोस्टमॉर्टम से पहले पुलिस एक बार गाँव तक भी गई थी। तफ़्तीश में। लोगों ने बताया, "पहले अच्छा ही आदमी था घीसू। बाप हैवान था उसका। ख़ून ही गंदा था, कब तक अच्छा रहता। अच्छा हुआ, मर गया लुच्चा।"

आज मंगल ट्रैफ़िक सिग्नल पर किताबें बेच रहा था। कुछ दूर पर उसकी माँ और छोटी बहन फूलों का गुलदस्ता बना रही थीं। ट्रैफ़िक सिग्नल पर अच्छा भाव मिल जाता है फूलों का।

एक मनचला सड़क का दारोग़ा उन दोनों की तरफ़ बढ़ा। ऐसे बदमाशों का क्या है। औरत मिली छेड़ दी, पैसे मिले बटोर लिए।

लड़का भी अपने परिवार की तरफ़ लपका और उस मनचले से उलझ गया। एक थप्पड़, कुछ देसी गालियाँ और एक घूँसा खाया पर परिवार को बचा लिया आज के लिए।

किसी ने पास में पूछा, "भाई, क्यों?"

जवाब मिला, "मर्द हूँ न!"

पास में ही एक और लड़का आज ट्रैफ़िक सिग्नल पर खुली जीप में बैठा था। पैसे या पावर वालों की औलाद लग रहा था। साइकिलवाले ने खुसर-पुसर की, "एसपी साहिबा का लड़का है ये। मर्द बना फिरता है सड़क पर।

भाई, पैसा-पावर हो तो मर्द बनना आसान है। अक्सर सड़कों पर दिख जाता है शहज़ादा।''

लड़का गाड़ी की ड्राइवर सीट पर बैठा तेज़ शोर में फूहड़ गाने सुन रहा था। बग़ल में स्कूटी पर बैठी महिला को ताड़ रहा था। शराब की बोतल पीछे वाली सीट पर खनक रही थीं। सिगरेट के छल्ले बनाते हुए उसने दोस्तों से कहा, ''क्यों, हूँ न मर्द।''

उसे शक था।

मंगल को नहीं।

जायफल

शादीशुदा ज़िंदगी में अक्सर ऐसे मौक़े आते हैं, जब तसवीरें खींची जाती हैं, एल्बम में लगाने के लिए। बड़ी सावधानी से ऐसे एल्बम आप संभालकर रखते हैं, अलमारी में। शादीशुदा ज़िंदगी में कभी-कभार ऐसे मौक़े भी आते हैं, जिन्हें आप अपने यादों के एल्बम में संजोकर रख लेते हैं। अपने ज़ेहन की अलमारी में। ये इतनी छोटी-छोटी बातें होती हैं कि आप-दोनों के अलावा कोई तीसरा समझ नहीं सकता। पकी इमली का स्वाद पूछो किसी से, आधे खट्टा कहेंगे, आधे मीठा। कुछ पकी इमली की तरह ही ज़ायका होता है शादीशुदा ज़िंदगी का।

हुआ यूँ कि एक रोज़ बेगम ने चिकन बिरयानी बनाने की ठानी। दो-चार दिनों से सपर रही थी बेचारी, बिरयानी बनाने को। मुझे भिजवाकर चिकन और मसाले भी मँगवा लिए थे उसने।

यू-ट्यूब पर तमाम नुस्ख़े देख डाले। अपनी माँ और मेरी माँ, दोनों से भी फ़ोन पर बतिया लिया। तैयारी पूरी हो गई थी। चीज़ें और सामग्री बतरतीब निकालकर किचन के स्लैब पर रखने लगी। फिर मालूम हुआ कि मसालों में एक मसाला कम था। मैं जायफल लाना भूल गया था।

''अरे आप जायफल तो लाए ही नहीं।''

'जायफल?' होगा कुछ, मैंने सोचा।

''कुछ न कुछ भूल ही जाते हो आप हमेशा!'' मैं इंतज़ार ही कर रहा था, अपनी ज़र्रानवाज़ी का। बेगम ने निराश नहीं किया।

फिर मेरा दिल रखने के लिए कहा, "कोई बात नहीं, मैं आज बिना जायफल के ही बना देती हूँ बिरयानी। पर जायफल होता तो बात ही कुछ और होती। ज़ायका और ख़ुशबू दोनों बेहतरीन हो जाते।"

मैंने सोचा, ऐसे कैसे बीवी को बिना जायफल डाले बिरयानी बनाने दूँ। इतने दिनों से अरमान लिए घूम रही है। एक जायफल जैसी टुच्ची चीज़ अरमानों पर पानी डाल दे? कभी नहीं!

"अरे तुम फिक्र न करो, अभी ले आता हूँ बनिए की दुकान से।" मैंने ड्रॉइंग रूम में बैठे-बैठे आवाज़ लगाई।

"अच्छा, ठीक है। पर ज़रा जल्दी आइएगा।" बेगम ने कहा।

इन छोटी-छोटी चीज़ों में हीरो बनने का मौक़ा कभी छोड़ना नहीं चाहिए। पत्नियों को कौन-सी अदा कब भा जाए, आप अंदाज़ा लगा ही नहीं सकते। और फिर जायफल ही तो लाना था। कुर्ते की जेब में आ जाता। ऐसा मौक़ा मैं कैसे छोड़ता। मैंने बटुआ उठाया और पड़ोस की दुकान तक गया। दुकान में भीड़ थी, दुकानदार ने मेरी फ़रमाइश सुनने में दो-चार मिनट का वक़्त लगा दिया। मुझे फ़िक्र हो रही थी, क्योंकि बीवी वहाँ किचन में तैयारी के साथ खड़ी थी और मुझे जायफल लेने में देर हो रही थी। पर अफ़सोस, वहाँ जायफल मिला नहीं मुझे। थोड़ी दूर दूसरी दुकान थी, वहाँ भी नहीं मिला। मोहल्ले में जो दो-चार दुकानें थीं, वहाँ पैदल ही ढूँढ़ लिया। पर जायफल मिला नहीं कहीं। "लोगों ने या तो बिरयानी खानी बंद कर दी है या उनका ज़ायका ख़राब हो गया है।" मैं बड़बड़ाता हुआ वापस आ गया।

काफ़ी वक़्त लगाकर आया था, बीवी थोड़ी उखड़ी हुई थी। दोपहर के खाने में बिरयानी बननी थी और दोपहर हो चुकी थी। बीवी ने सोचा होगा, 'थोड़ी देर से ही आज दिन का खाना खाया जाए। अब जब ये गए ही हैं जायफल लेने, तो बिरयानी उसके साथ ही चढ़ाती हूँ चूल्हे पर।'

और मैं लौटा ख़ाली हाथ।

एक बार को सोचा, कहूँ, 'अरे बेगमजान! इस बार बिना जायफल के ही हाँड़ी चढ़ा दो। तुमसे खाते वक़्त जो दो-चार प्यारी बातें होगीं भला कोई जायफल क्या मुक़ाबला करेगा उसका।' पर शायरी एक तरफ़ और ज़ायका दूसरी तरफ़। ऐसे कैसे जाने देता ज़ायके को। और बात अब थोड़ी इज़्ज़त पर

भी बन आई थी। बीवी ने जायफल ही तो माँगा था, एक अदना-सा मसाला, कोई चाँद-तारे थोड़े न माँग लिए थे।

पड़ोस में कपूर साहब और ख़ान साहब दोनों के घर पूछ आया। मालूम हुआ कि दोनों के घर जायफल से महरूम हैं।

''ये कैसा मसाला है भाई! मुझे उसकी शक्ल भी ठीक-ठीक से याद नहीं आ रही है। लौंग-इलायची-ज़ीरा, ये बड़े अपने-से लगते हैं। लगता है पड़ोस में रहते हैं, रोज़ बिल्डिंग से उतरते वक़्त लिफ़्ट में मिलता हूँ इनसे। पर ये जायफल, उफ्फ! क्या मुसीबत है! कैसा गुमशुदा-सा मसाला है।''

बीवी से कहा कि दोपहर के लिए दो-तीन रोटियाँ ही सेंक दे, सुबह की बची सब्ज़ियों से खा लूँगा। सोचा फिर स्कूटर निकालकर बाज़ार से जायफल ले आऊँगा शाम होने से पहले।

खाने के बाद, थोड़ा सुस्ता लिया मैंने। सोचा, धूप भी हल्की हो जाएगी आधे घंटे में। शाम को स्कूटर स्टार्ट किया और बाज़ार जाने लगा। आगे ट्रैफ़िक सिग्नल था और सामने एक कार बड़ी धीमी रफ़्तार में जा रही थी। मुझे डर हुआ कि कहीं सिग्नल हरे से लाल न हो जाए और मुझे ट्रैफ़िक में रुकना पड़ जाए। जैसे ही सामने वाली कार ने सिग्नल पार करना शुरू किया, सिग्नल पीला हो गया। 'लाल होने में तीन सेकंड्स तो लगते ही हैं।' मैंने सोचा और सिग्नल के लाल होने तक मैंने भी सिग्नल लगभग पार कर लिया। कोने में खड़े हवलदार ने इशारे से मुझे रोक लिया। मुझे ध्यान आया मैंने हेलमेट भी नहीं पहन रखा था। दो सौ रुपए ढीले करने पड़ गए। जायफल को कोसता हुआ मैं बाज़ार पहुँचा।

दुकानदार ने एक बड़ी साबुत सुपारी जैसी एक चीज़ दी। कुछ और ज़रूरतों की चीज़ें ख़रीद ली लगे हाथ। मैं उनको लेकर जब घर लौटा, अँधेरा हो गया था।

बीवी का मूड बहुत अच्छा नहीं था, बुरा भी नहीं था उतना। पतियों को ऐसे माहौल में बड़ी सावधानी से काम करना चाहिए। एक सेकंड में मामला इधर से उधर हो सकता है। बड़ा नाजुक माहौल होता है ऐसा। ऐसे में बेहतर यही है कि हल्का मुस्कराइए, बिलकुल कम बोलिए और जो भी कहा जाए, मान लीजिए। मुस्कराते हुए। मैंने बिना पल गँवाए, जेब से जायफल निकाला

और बीवी को पकड़ा दिया।

"ये तो साबुत है! इसे तोड़कर डालना होगा बिरयानी में।" बीवी ने कहा।

मैंने दबाकर उस चीज़ को तोड़ना चाहा। अखरोट-सा सख़्त था वो, मसलकर तोड़ना मुश्किल था। बिरयानी पकने को देर हो रही थी, इसलिए आसपास की हल्की-फुल्की चीज़ें उस पर आज़माने लगा। कुछ फ़ायदा नहीं हुआ।

बीवी ने झल्लाकर कहा, "लाइए, मुझे दीजिए!" और ख़ुद ओखली ढूँढ़ने लगी।

इस मनहूस मसाले ने आज दिनभर में इज़्ज़त की ऐसी की तैसी कर दी थी। दर-दर भटक चुका था इसके लिए। ज़ायका होता भी है या यूँ ही कोई दिखावटी मसाला है, क्या पता। मुझे जायफल में एक जानी दुश्मन दिखने लगा था। इस नामुराद जायफल के टुकड़े तो अब मुझे ही करने थे। मैंने लपक कर बेलन चकला उठा लिया। लकड़ी के चकले पर जायफल को रखकर मैंने ज़ोर से बेलन दे मारा। जायफल का कुछ चूरा हो गया और बाक़ी ठोस टुकड़े गोलियों की तरह इधर-उधर बिखर गए किचन में।

कुछ पलों के लिए सन्नाटा छा गया किचन में। मेरा दिमाग़ किसी सुपर कंप्यूटर की तरह चल रहा था। मैं जल्दी-जल्दी बीवी का मूड भाँपने की कोशिश कर रहा था। शायद अजीब-सी शक्ल बनाकर खड़ा था मैं। स्टेचू मुद्रा में। बीवी ने मुझे देखा और हँस पड़ी।

'भगवान, ईश्वर, अल्लाह, तू महान है,' मैंने सोचा और लंबी साँस ली।

मैंने बड़े प्यार से कहा, "अजी सुनिए, आज बिना जायफल के ही बना दीजिए बिरयानी।"

दीनू किताबवाला

'हर साँझ, अँधेरे में लटकी आवाज़ों को सुनता हूँ,
कुछ शोर में आरती दबी-दबी सी जान पड़ती है।
देखता हूँ कशमकश से,
गोल होने का दावा करती, आड़ी रोटियाँ।
डर के कुछ निवाले तोड़ता हूँ,
और उम्मीद की चादर तान के सो जाता हूँ।
...अब ख़्वाब से लड़ ही कौन सकता है।'

लिखते-लिखते दीनू रुक गया। हल्का-सा शोर आ रहा था बाहर से, उस पर कान गड़ाए बैठ गया। आधी रात को आजकल ये शोर कोई ख़ास बात नहीं था। पूरा शहर दंगों में जल रहा था।

उसके मकान मालिक रामचंद्र जी के यहाँ तो डर कोने-कोने में बसा हुआ था। 'ऊपर वाली मंज़िल में ही तो रहते हैं रामचंद्र जी, अपनी तीन जवान बेटियों के साथ। उनकी ज़िंदगी की जमापूँजी उनकी बेटियाँ ही तो हैं। जितना कमाया, उनकी पढ़ाई में लगा दिया। सबसे छोटी तो अब डॉक्टर बनने ही वाली है। पढ़ाई का आख़िरी साल है।' सबसे छोटी, संध्या, के बारे में याद करते हुए दीनू सोचने लगा।

बेटे की तरह रखा था रामचंद्र जी ने उसे। और संध्या भी छुप-छुप के देखते रहती, आते-जाते दीनू को। कभी खाने की थाली लिए दरवाज़ा खटखटा भी देती। झूठ-मूठ का बोल देती, 'माँ ने भिजवाया है'। थाली भर कर सिर्फ़

खाना नहीं रहता, बहुत सारा अनकहा स्नेह भरा रहता, हरएक निवाले में। वरना अनाथ को पूछता ही कौन है। वो भी ऐसा, जिसके न धर्म का पता है न ज़ात का।

बात उन दिनों की है, जब रामचंद्र जी को दीनू मिला था। एक बच्चा, बस्ती के नज़दीक एक कूड़े के ढेर में। लावारिस।

''किसी बिन ब्याही माँ की उपज हो शायद। लज्जा भारी पड़ गई हो ममता पर। या कोई और बात हो।''

''मुसलमान ही होगा। इस रास्ते में दूर-दूर तक मुसलमानों की ही बस्ती है।''

''अरे! मासूम बच्चे का क्या धर्म, क्या ज़ात।''

''अनदेखा कर देता हूँ, कौन मुसीबत मोल ले। और मुझ जैसा ग़रीब, क्या खाएगा, क्या खिलाएगा।''

''ये बचेगा नहीं सुबह तक। कूड़े के ढेर में कब तक ज़िंदा रहेगा। कुछ नहीं तो आवारा कुत्तों को क्या पता ये इंसान का बच्चा है, खाने की चीज़ नहीं। बेचारा हाथ-पाँव भी नहीं चला सकता।''

''पुलिस के पास ले जाता हूँ।''

''पुलिस करेगी भी क्या। और उस बलवंत दारोग़ा पर तो बिलकुल भी भरोसा नहीं। बच्चे को बेच ही देगा वो। अरे! दरिंदा है दरिंदा!''

''एक बेटे की चाह तो है ही, जाने कब से। पिछले महीने भी तीसरी बेटी ही हुई है। एक बेटा मिल जाता तो परिवार पूरा हो जाता।''

रामचंद्र जी के अंदर जैसे दो लोग आपस में बात कर रहे थे। सोचते-सोचते उन्होंने अपनी साइकिल सड़क के किनारे खड़ी की और बच्चे को गोद में उठा लिया। बच्चे की मासूमियत ने सारे सवालों का जवाब दे दिया था। सारा वहम, सारा शक, जाता रहा। एक हाथ में बच्चे को लिए और एक हाथ से साइकिल को संभालते हुए, रामचंद्र जी धीरे-धीरे चलने लगे। घर दूर था, पहुँचने में काफ़ी देर हो गई। रास्ते में उन्होंने अपने अंदर एक पूरी लड़ाई लड़ ली। 'पत्नी क्या कहेगी? लोग क्या कहेंगे?' इन सारे सवालों का जवाब उन्होंने ढूँढ़ लिया था।

पत्नी का दिल रामचंद्र जी के दिल से भी ज़्यादा बड़ा था। बच्चे को गोद

में लिया, पूरी कहानी सुनी और रो पड़ी। "इतना छोटा-सा तो पेट है इसका, हम आधी रोटी कम ही खाएँगे तो भूखे थोड़े ही मर जाएँगे।"

अगले दिन रामचंद्र जी ने मोहल्ले के बुज़ुर्गों की एक बैठक बुलाई। मोहल्ले में हिंदू-मुसलमान सब साथ-साथ ही रहते थे, भाइयों की तरह। ज़ाहिर है, दोनों मज़हब के बुज़ुर्ग मौजूद थे रामचंद्र जी के घर उस दिन।

रामचंद्र जी ने बड़ी संजीदगी से पूरी कहानी सुनाई सबको। सबने एक स्वर में रामचंद्र जी की इंसानियत की तारीफ़ की। कुछ मुसलमानों को चिंता हुई कि लड़का हो सकता है मुसलमान हो, रामचंद्र जी के घर कैसे रहेगा। लेकिन रामचंद्र वाली हिम्मत किसी में नहीं हुई कि आगे आए और बच्चे को अपना ले। "अल्लाह का बच्चा है, किसी भी बंदे के घर रहे, किसी को क्या तकलीफ़ हो सकती है। अरे भाई! इंसान तो सिर्फ़ ज़रिया है, देने वाला तो अल्लाह ही है।" एक बुज़ुर्ग ने कहा और सबने हाँ में हाँ मिलाई, एक सुर में। फिर सबने चाय पी, दो-चार बिस्किट खाए और बच्चे का नाम रख गए, 'दीनू'।

दीनू, रामचंद्र जी का बेटा नहीं था, ये बात रामचंद्र जी ने कभी उससे नहीं छुपाई। लेकिन एक परिवार की कमी भी पूरी की, उसी ईमानदारी से। दीनू उन्हें चाचा-चाची ही कहता, पर वो उस अनाथ के लिए उसके असली माँ-बाप से कहीं बढ़कर थे। दीनू, संध्या के साथ ही पढ़ा-लिखा और बड़ा हुआ। स्कूल के बाद संध्या ने आगे की पढ़ाई जारी रखी और दीनू कामकाज में लग गया। रामचंद्र जी इतनी ही हैसियत थी कि उन्होंने दीनू की स्कूली पढ़ाई पूरी करवा दी। दीनू और रामचंद्र जी दोनों इस बात को बख़ूबी समझते थे।

अब दीनू सुबह-सुबह मोहल्ले में अख़बार बाँटता, चार पैसे जोड़ लेता, फिर घर के कामों में लग जाता। किताबों का शौक़ तो था ही उसे, शाम को एक किताब की दुकान में काम भी पकड़ लिया था उसने। पढ़ाई की पढ़ाई हो जाती और कमाई की कमाई। बड़ी ईमानदारी से काम करता, तो दुकान का मालिक हमेशा ख़ुश रहता था उससे। लोग मिसालें देने लगे थे दीनू की।

चंद सालों में दुकान दीनू ही संभालने लगा। ख़रीद-फरोख्त का हिसाब और दुकान का निज़ाम, सब दीनू ही देखने लगा। अब तक काफ़ी पैसे भी इकट्ठा हो गए थे। दुकान के मालिक ने एक बार दुकान बेचनी चाही, तो दीनू

ने कुछ पैसे एकमुश्त दिए और कुछ क़र्ज़े में उठा लिए और दुकान ख़रीद ली।

पहली बार दीनू का एक उपनाम था, 'दीनू किताबवाला।' बड़ा अच्छा महसूस किया था उसने उस दिन जब रामचंद्र जी ने उसकी पुरानी दुकान का नया फीता काटा था।

अब दीनू किताबें पढ़ता, बेचता और कुछ-कुछ लिखता रहता। अपनी ज़िंदगी से काफ़ी ख़ुश था वो। ख़ासकर अपने नए नाम से। मोहल्ले के लोग भी उसको उसके पूरे नाम से पुकारते, एक पहचान-सी थी उसकी अब। उसे गर्व होता कई बार, उसकी पहचान उसके काम से थी, उसके मज़हब से उधार माँगी हुई नहीं थी।

मोहल्ले के बनिए ने ज़ोर से अपने बेटे को आवाज़ लगाई, "कहाँ जा रहे हो सुबह-सुबह"। उसका बेटा सड़क पर जा रहा था।

"अपने दोस्त इमरान के घर जा रहा हूँ, दीनू किताबवाले की दुकान के पीछे।" उसने आवाज़ लगाई। रामचंद्र जी वहीं खड़े थे। बड़ा अच्छा लगा उन्हें दीनू का नाम सुनकर। यूँ ही छोटी-छोटी चीज़ों से ख़ुश हो जाया करते वो। कोई पूछ ले कि क्यों ख़ुश हैं, तो शायद समझा भी न पाएँ किसी को। "इंसान की ख़ुशी के पीछे का तर्क ढूँढ़ना आसान काम है भला?"

अब आज शहर में दंगे हो रहे थे। हिंदू-आग, मुसलमानों की आग को जला रही थी और मुसलमानों की आग हिंदुओं की आग को। पागल आग है, बुझती ही नहीं... और बढ़ जाती है। बदचलन आग है, कोई मज़हब नहीं है इसका, किसी से भी दोस्ती कर लेती है।

"अरे वो हिंदुओं की आग है, उनसे क्यों जा कर मिलती है, काफ़िर कहीं की!"

धू-धू करके आज रात दीनू की दुकान नहीं, उसकी पहचान जल रही थी। इन हिंदू-मुसलमानों ने उससे उसका मज़हब छीन लिया था। दीनू आज फिर से से सिर्फ़ दीनू था, किताबवालों का मज़हब नहीं होता न। हो भी कैसे सकता है।

उसने रात को पन्ने पर उसने पहली बार प्रार्थना की थी शायद। मज़हबी बन गया था दीनू।

'कुछ ऐसी तरकीब बता ऐ ख़ुदा,
मैं जिस्म-ओ-मकाँ बना लूँ इस तरह,
के आतिश इन्हें छू न पाए कभी यूँ ही,
तेरे रात के दामन में तारे हैं जिस तरह।

या कुछ यूँ बना उसी मिट्टी से दिलों के सभी
के आग दिये-चूल्हे से निकल न पाए कभी।
के नरसिंह रहे खंभे के भीतर मगर,
दीवारों पर पुष्प-प्रह्लाद हो जिस तरह।

कुछ ऐसी तरकीब बता ऐ ख़ुदा,
मैं जिस्म-ओ-मकाँ बना लूँ इस तरह।'

स्कूल की परेड-1

उन दिनों मेरे सारे बाल काले थे। आजकल इक्का-दुक्का सफ़ेद दिख भी जाते हैं और मैं उन्हें ख़िज़ाब से ढँक लेता हूँ। उन दिनों चेहरे पर आए इक्का-दुक्का मुँहासे ढँकता था अलग अलग तरह की क्रीम लगाकर। मेरे पास एक साइकिल भी थी। गियर वाली। नई-नई आई थी गियर वाली साइकिल बाज़ार में। स्कूल जाना शुरू ही किया था अपनी प्यारी साइकिल पर। 'बस तो बच्चों की सवारी थी। मैं तब बच्चा कहाँ रहा था! सातवीं में पहुँच गया था। दो साल पहले ही हो चुके थे बाल-भारती छोड़े और किशोर-भारती पकड़े।'

15 अगस्त का दिन जैसे-जैसे नज़दीक आता जाता, स्कूल में देशभक्ति का माहौल गरमाता जाता था। PT सर की रेड पड़नी शुरू हो गई क्लासरूम में। स्टूडेंट्स को ढूँढ़-ढूँढ़ कर परेड ग्राउंड तक लाया जाने लगा। क़दमताल पर पैर थिरकने लगे। सातवीं और आठवीं घंटियों को परेड के लिए रिज़र्व रखा जाने लगा था।

सारे लड़के बहाने मार, बचने की ताक में नहीं लगे रहते। कुछएक जज़्बा भी रखते परेड सीखने और स्कूल के मार्चपास्ट में भाग लेने का। ऐसे लड़कों को परेड की अगली क़तार मिल जाती थी। ऐसा ही था निखिल। ड्रम बीट पर ज़ोर-ज़ोर से पाँव पटकते हुए, स्कूल का झंडा पकड़े निखिल सबसे अगली क़तार में गर्व से चल रहा था। मेरा सबसे अच्छा दोस्त। और मैं ? मैं वहाँ कोने वाले टॉयलेट में छुपकर बैठा था। परेड से बचने के लिए।

इधर PT सर ने अपने पालतू एजेंट्स छोड़ दिए थे, टॉयलेट्स जैसी

छिपने वाली जगहों से बाग़ियों को खींच निकालने के लिए। ग्यारहवीं और बारहवीं के ये बच्चे शिकारी कुत्तों की तरह स्कूल छान मारते और लड़कों को ढूँढ़-ढूँढ़ कर PT सर के सामने ला पटकते। इस टॉयलेट में बैठे-बैठे मेरे घुटने अकड़ गए हैं। पर परेड ग्राउंड में पैर पटकने से तो अच्छा ही था। क़दमताल की आवाज़ें टॉयलेट तक आ रही थीं। आर्मी कैंटोनमेंट-सा लग रहा था स्कूल। और PT सर वहाँ के कमांडिंग अफसर।

किसी न किसी को तो इस टॉयलेट तक आना ही था। नटवर सिंह था वो जो मेरे टॉयलेट का दरवाज़ा पीट रहा था। बारहवीं में पढ़ता था ये सिंगल पसली। नट्टू-नट्टू कहते थे इसको स्कूल में सारे लोग। आज शेर बना दरवाज़ा पीट रहा था।

'खोल दूँ या नहीं?
खोलूँ भी तो कब खोलूँ?
थोड़ी देर रुक जाता हूँ।'

नट्टू और ज़ोर-ज़ोर से दरवाज़ा पीटने लगा।

वो जितनी ज़ोर से दरवाज़ा पीटता, उतना ही एक डर या डर जैसा ही कुछ था, दिल में बैठ जाता।

मैंने घबराकर दरवाज़ा खोल दिया।

नट्टू की आँखों में एक कामयाबी की चमक थी। एक नए-नए हवलदार को मानो पहली गश्त में ही शातिर जेबक़तरा मिल गया हो। उसने झपटकर मेरी कलाई पकड़ ली और मुझे खींचता हुआ नीचे ले गया। परेड ग्राउंड में।

निखिल ने परेड करते हुए कोने की नज़रों से मुझे देखा। मैं डरा-सहमा सा नट्टू के पीछे-पीछे चल रहा था। शायद यही सोच रहा था निखिल कि परेड करने में क्या ही जाता है। अच्छा ही तो लगता है जब सारे लोग परेड करते हैं एक साथ। लेकिन मैं कैसे समझाऊँ उसे, लाख कोशिश करके देख चुका हूँ पिछले सालों में। नहीं होती है मुझसे ये परेड-वरेड। अगर होती तो क्यों छुपता फिरता इधर-उधर।

मेरे जैसे दो चार स्टूडेंट्स और थे, ग्राउंड के कोने में डरे-सहमे खड़े। PT सर उन पर ध्यान नहीं दे रहे थे, मानो छोड़ रखा हो थोड़ी भीड़ जमा होने तक। नट्टू ने मुझे वहाँ जमा कर दिया और भीड़ पूरी हो गई। परेड कर रहे

कुछ बच्चे हमें देख कर ख्खी-खीज कर रहे थे। PT सर गुर्राते हुए हमारी तरफ़ आए और मेरा गला पूरा सूख गया था।

अरे ये क्या, प्रिया को भी अभी ही कॉरिडोर से जाना था। अब तो डर के साथ शर्म भी आ रही थी। 'शिट! नहीं सर नहीं, प्रिया के सामने नहीं, बाद में एक के बदले चार पनिशमेंट दे देना, अभी प्लीज़ जाने दो।' मैं अंदर से चीख़ रहा था। सूखे गले से लफ़्ज़ झड़ नहीं रहे थे। ख़्यालों में बस चूरा हो गए थे।

'प्रिया जल्दी से जा!' मैं दुआ कर रहा था। 'अरे यार! प्रिया तो वहाँ खड़ी हो गई। इन लड़कियों को तमाशा देखने में मिलता ही क्या है?' क्या करता, ख़ुद की क़िस्मत ही कोस रहा था।

एक ज़ोरदार तमाचे से मेरा कान सन्न हो गया। कुछ समझ नहीं आ रहा था। आँखों के सामने अँधेरा छा गया था। प्रिया को भी बुरा लगा होगा शायद। PT सर के तमाचे मशहूर थे। आवाज़ भी करते और दर्द भी। कानों में गर्माहट काफ़ी देर बनी रही।

और हम खड़े रहे वहीं बेशर्मी में डूबे, गर्दनभर। बहुत बुरा लग रहा था उस दिन। प्रिया क्या सोच रही होगी। कुछ देर तो खड़ी रही थी वो भी वहाँ। कुछ देर बाद छुट्टी की घंटी बज गई। बच्चे स्कूल गेट की तरफ़ भागने लगे। हम वहीं खड़े रहे। दस-पंद्रह मिनट और। जब सब चले गए तब PT सर ने हमें झिड़कते हुए इशारा किया, हम अपनी-अपनी क्लास जाने लगे, अपने बैग्स उठाने।

मैं बिलकुल आख़िर में पहुँचा, पनिशमेंट में जो था। जब क्लास रूम के अंदर गया, तो निखिल मेरा इंतज़ार कर रहा था। PT सर को भला-बुरा कहने लगा। उसे लगा होगा, मेरे ज़ख़्म पर थोड़ा मरहम रख दे, शायद PT सर को बुरा-भला कह दे तो मुझे कुछ सुकून मिले। पर सच कहूँ तो ज़्यादा अफ़सोस मुझे इस बात का था कि प्रिया वहाँ थी। क्या सोचा होगा उसने मेरे बारे में।

अपने-अपने बैग्स उठाकर मैं और निखिल क्लास रूम से निकलने लगे। क्लास रूम के बाहर प्रिया खड़ी थी।

"आज मेरी बस मिस हो गई, चलो साथ में घर चलते हैं। पैदल।" प्रिया ने मुझे कहा।

"ओके!" इससे ज़्यादा कहता ही क्या मैं।

पता है, अच्छे दोस्तों की पहचान कैसे होती है? ऐसे मौक़ों पर वो आपको अकेला छोड़ देते हैं। निखिल ने भी वही किया। फ़ौरन विदा लेकर वहाँ से चला गया।

"करते ही क्यों हो ऐसा तुम? कर ही लेते परेड। PT सर को तो मौक़ा चाहिए थप्पड़ मारने के लिए।" प्रिया ने चलते हुए पूछा।

अब मैं उसे क्या जवाब देता इस बात का।

उस दिन दस तारीख़ थी, इतने सारे दिन बचते हुए पहले ही काट दिए थे। पाँच दिन और काटने थे बस। पंद्रह अगस्त के बाद थोड़े न होनी थी कोई परेड-वरेड।

एक-दो दिन पकड़ा भी गया तो क्या हुआ। थोड़ी-सी पनिशमेंट मिली और क्या। हाँ, आज का थप्पड़ थोड़ा ज़्यादा हो गया। पर सच कहूँ तो उसका भी कुछ ख़ास अफ़सोस रहा नहीं था। प्रिया साथ-साथ चल रही थी। इतनी सारी बातें हो रही थीं। मौसम भी इतना अच्छा था, मानो अब-तब में बारिश हो। और बारिश हो भी नहीं।

'इन सब चीज़ों के लिए एक थप्पड़ तो बहुत छोटी-सी क़ीमत है पगली।' मैंने सोचा।

स्कूल की परेड-2

15 अगस्त को अब सिर्फ़ पाँच दिन ही बचे थे और मेरा स्कूल में परेड न करने के बहाने बनाकर बचना प्रिया को पसंद नहीं था। वो पाँच दिन मैंने कैसे काटे, ये मैं ही जानता हूँ। पर ख़ुशी इस बात की थी कि प्रिया से बातचीत का सिलसिला शुरू हो गया था। स्कूल की सबसे सुंदर लड़की मेरी ख़ास दोस्त थी। पूरे स्कूल में मेरी शान दुगनी और मेरी छाती चौगुनी चौड़ी हो गई थी उन दिनों।

प्रिया मेरे घर के पास ही रहती थी, पर वो बस से स्कूल जाया करती और मैं साइकिल से। मैं दिल ही दिल में सपने देखता था कि प्रिया भी मेरे साथ साइकिल से स्कूल जाए। अक्सर मैं उसे साइकिल से आने-जाने की नसीहत देता रहता। कभी-कभार नोट्स और होमवर्क के बहाने बनाकर उसके घर जाता, तो उसकी मम्मी से पाँच-दस मिनट बात भी हो जाती थी। ऐसे मौक़ों पर साइकिल सवारी के फ़ायदे गिनाना मैं कभी नहीं भूलता था।

"आंटी, आजकल स्कूल की फीस कितनी बढ़ गई है न?" मैंने कहा।

"बेटा, लेकिन माँ-बाप तो बच्चों को अच्छे से अच्छे स्कूल में पढ़ाने की कोशिश करेंगे ही न।" आंटी बात को सेंटी-एंगल देने लगी। पर बात को साइकिल पर ले कर आना ज़रूरी था।

"हाँ वो तो है, पर हम बच्चों का भी तो कुछ फ़र्ज़ बनता है कि जितना हो सके माँ-बाप की मदद करें।"

"बिलकुल सही बात है।" आंटी ने कहा।

''मैंने तो अपने पापा से कह दिया था, स्कूल बस का चार्ज इतना ज़्यादा है, इससे तो अच्छा होता कि मैं साइकिल से ही स्कूल जाता। सेहत की सेहत और बचत की बचत। और फिर स्कूल है ही कितनी दूर, कॉलोनी के इतने सारे बच्चे आख़िर जाते ही हैं। पापा बात मान गए और उन्होंने साइकिल से जाने की परमिशन दे दी।''

मैंने बिना देर लगाए बात को मुद्दे तक खींचने की कोशिश की।

''जैसे प्रिया के पास साइकिल है, वैसे ही मेरे पास भी एक साइकिल थी। थोड़ी मरम्मत करवा ली, अब फर्स्ट क्लास चलती है।''

''हम्म, बात करती हूँ प्रिया के पापा से। तुम भी तो साइकिल से जाते हो। दोनों धीरे-धीरे चले जाया करना।'' आंटी ने जब ये कहा तो बदन में जान आ गई थी उस पल।

प्रिया किचन में हमारे लिए चाय बना रही थी और हमारी बात भी सुन रही थी शायद। मुझे तो आज भी पूरा यकीन है, उसको भी उस वक़्त मेरे साथ साइकिल से जाने का उतना ही मन था, जितना कि मुझे। बात ख़त्म होने की ताक में ही थी शायद। मेरी बात जैसे पूरी हुई, वो चाय लेकर ड्रॉइंग रूम में आई। क्या पता दरवाज़े के बाहर कान लगाए ही खड़ी हो। चाय देते वक़्त जो मुस्कराहट थी उसके चेहरे पर, कैसे भूल सकता हूँ मैं।

मेरी मेहनत रंग लाई। अगले महीने से हम साथ-साथ साइकिल से स्कूल आना-जाना करने लगे थे। प्रिया ने स्कूल बस सर्विस छोड़ दी थी। उसने अपना डेस्क पार्टनर भी बदल लिया था, अब हम साथ-साथ ही एक डेस्क पर बैठते और नोट्स-होमवर्क-लंच शेयर किया करते। मेरे प्यारे दोस्त निखिल को बुरा लगा होगा। अब तक मैं उसके साथ ही डेस्क शेयर करता आया था। पर बेस्ट फ्रेंड्स इसी दिन-रात के लिए ही तो होते हैं। उसने मेरी ज़िंदगी के मकान में प्रिया के लिए जगह बनाई, अपना कमरा ख़ाली करके। निखिल की अनकही बातों की गहराई तब समझ में नहीं आई थी। काफ़ी बाद में आई ये बात समझ में।

आज जो बातें SMS या वॉट्सएप से हो जाती हैं, उन दिनों ख़तों से हुआ करती थीं। यूँ तो मैं और प्रिया सारा वक़्त साथ-साथ ही बिताते थे, पर ख़तों से बात करने का मज़ा ही कुछ और था। मैं एक-दो पन्ने लिखा करता

और प्रिया को काग़ज़ मोड़कर देता। दोनों को बड़ी शर्म आती थी, काग़ज़ के एक-एक सिरे पर खड़े होने में। लिखने में जो मज़ा था उससे कई गुना रोमांच ख़त पकड़ाने और फिर ये सोचने में था कि उसने क्या सोचा होगा खत पढ़कर और ख़त पढ़ने के दौरान।

मैंने कई सारी चिट्ठियाँ लिखीं, उनमें ज़्यादातर ऐसा-वैसा कुछ नहीं होता था। रोज़मर्रा की बातें ही हुआ करती थीं या कुछ बेढब-से लंगड़े क़िस्से होते थे। जहाँ तक मुझे याद है, प्रिया ने मुझे एक भी ख़त नहीं लिखा कभी। और वो चिट्ठियाँ जो मैंने लिखी थीं, पढ़-पढ़ कर मुझे लौटा दिया करती थी। प्रिया की इस अदा को मैं आज तक बूझ नहीं पाया।

प्रिया यूँ तो पढ़ाई में ठीक-ठाक थी, पर मैथ्स में उसकी कुछ ख़ास नहीं चलती थी। एक बार मिड ईयर में मैथ्स की आंसर शीट्स बाँटी जा रही थीं। टीचर पूरी क्लास के सामने सबके मार्क्स चिल्ला-चिल्ला कर बता रहे थे। मुझे क्लास में सबसे ज़्यादा नंबर मिले थे और प्रिया को सिर्फ़ पासिंग मार्क्स। मुझे प्रिया के लिए दुख तो हुआ था, पर क्लास में सबसे ज़्यादा नंबर थे तो मैं ख़ुद के लिए ख़ुश भी था। मेरी ख़ुशी कहीं चुभ गई प्रिया को उस दिन। थोड़ी उखड़ी-उखड़ी रहने लगी थी वो।

उन दिनों क्लास में एक नया लड़का आया था, सौरभ। साल के बीच में भी उसे हमारे स्कूल जैसे बड़े स्कूल में एडमिशन मिल गया था। सारे टीचर्स भी हैरान थे इस बात से। किसी ने कहा, उसके पापा शहर के पुलिस कमिशनर थे, उनका ट्रांसफ़र हो गया था हमारे शहर में। "क्या बड़ी बात है सौरभ के लिए एडमिशन लेना!" पहले लगा बड़े बाप का सिफ़ारिशी बेटा है। पर धीरे-धीरे पता चला कि सौरभ में क्या बात थी। सारे सब्जेक्ट्स में अव्वल तो था ही, स्पोर्ट में भी सबसे आगे था। और तो और, म्यूज़िक-ड्रॉइंग-क्रिएटिव क्लासेज, कोई भी ऐसा फन नहीं छोड़ा था सौरभ ने जिसमें उसे महारत हासिल न हो। क्लास के सारे लड़के-लड़कियों के बीच हीरो बन गया था वो। प्रिया भी उससे बात करने का कोई मौक़ा नहीं छोड़ती थी। जब वो उससे थोड़ा मुस्कराकर बात करती तो दिल में साँप लोट जाते थे। मैंने कुछ ख़ाली वक़्त फिर से निखिल को देना शुरू कर दिया था।

प्रिया यूँ तो क्लास में अब भी मेरी बग़ल में ही बैठती थी, पर अब वो

वाली बात नहीं थी। मैथ्स के सवाल भी टीचर और प्रिया, सौरभ से ही सॉल्व करवाते थे। लंच ब्रेक में भी सबसे अच्छा टिफ़िन सौरभ का ही होता था। ''पता नहीं कैसा परिवार था, बाप-माँ-बेटा सारे महापुरुष थे।'' मैं खीझकर रह जाता था। बस अब यही कोशिश लगी रहती कि एक ऐसी चीज़ मिल जाए, जिसमें मैं सौरभ को मात दे सकूँ।

जनवरी का महीना शुरू हो रहा था और स्कूल में देशभक्ति का माहौल फिर से गरमा रहा था। 26 जनवरी की परेड की तैयारी शुरू होने वाली थी। और मैं हर बार की तरह इस बार भी नए बहाने ढूँढ़ने लगा।

उस दिन PT सर क्लास रूम में आए। उनको देखते ही महीनों पहले का थप्पड़ कानों में फिर गूँजने लगा। डर और शर्म से मैं नज़रें उठा नहीं पा रहा था। PT सर उन बच्चों के नाम लिखने आए थे जो परेड में हिस्सा लेने जा रहे हों। चाहे उनकी मर्ज़ी हो, या न हो। कुछ बच्चे अपनी मर्ज़ी से नाम लिखवा भी रहे थे। सौरभ इनमें सबसे आगे था।

''पुलिस अफ़सर का बेटा जो ठहरा, इसको तो परेड करनी ही थी।'' मैं इतनी ज़ोर से बड़बड़ा गया कि बात प्रिया ने भी सुन ली। ''उसमें परेड करने का जज़्बा है।'' प्रिया ने बड़े ही अलग अंदाज़ से कहा। मैंने शायद सोचा नहीं था कि वो कुछ ऐसा कहेगी। पर 'जज़्बे' वाली बात मेरे दिल को थोड़ी रगड़ते हुए निकल गई। मैंने एक सेकंड भी नहीं गँवाया और PT सर को अपना नाम लिखा आया। वैसे भी सभी लड़कों का नाम तो उनको लिखना ही था।

अगले दिन से मैं परेड में जाने लगा। कोई कितनी वाहियात परेड कर सकता है, इसकी मिसाल बन चुका था मैं कुछ दिनों में। PT सर लगभग रोज़ तंज़ कसते हुए नज़र आ जाते। लड़के ठहाका मारकर हँसते। पर मैंने परेड करनी नहीं छोड़ी। लाख कोशिश करता कि सही करूँ, क़दम सही पड़ते ही नहीं थे। निखिल ने भी सिखाने की बहुत जद्दोजहद की। पर मेरी टाँगों में वो बात नहीं थी शायद। प्रिया भी छुप-छुपा कर देखती रहती कैसे PT सर हर रोज़ मेरी इज़्ज़त उछाला करते सारे स्कूल के सामने। पता नहीं, कैसा लगता होगा उसको।

26 जनवरी से कुछ दिन पहले प्रिंसिपल साहब ने परेड की तैयारी की जाँच करनी चाही। बिना PT सर को इत्तला किए परेड ग्राउंड में आ धमके।

PT सर ने जैसे ही देखा कि प्रिंसिपल सर आ रहे हैं, फ़ौरन मोर्चा संभालने आगे आ गए। लड़के परेड करते रहे और प्रिंसिपल सर उनके दाएँ-बाएँ से गुज़रते रहे। हर के दस्ते में झाँक-झाँक कर लड़कों की चाल-ढाल परखने लगे। अचानक उन्होंने मेरी तरफ़ इशारा किया, मैं सबसे पीछे तीसरी लाइन में परेड कर रहा था। यहाँ पर कैसे दिख गया प्रिंसिपल सर को। प्रिंसिपल सर ने इशारे से मुझे लाइन से निकल जाने को कहा। मैं निकल गया और कोने में खड़ा हो गया। प्रिंसिपल सर ने कुछ नहीं कहा। PT सर तिरछी नज़रों से मुझे ही देख रहे थे। जैसे एक तेंदुआ घात लगा रहा हो। अंदर से गुर्रा भी रहे थे शायद। पर वो वहीं अपनी जगह खड़े रहे। प्रिंसिपल सर ने फिर पाँच-दस मिनट और जाँच-पड़ताल की और चले गए। मैं कोने में ही खड़ा रहा।

PT सर लगभग दौड़ते हुए मेरे पास आए, मेरे दिल की धड़कनें तेज़, बहुत तेज़ हो गईं। प्रिया भी उस दिन की तरह ही कॉरिडोर में खड़ी थी। प्रिया क्या, पूरा स्कूल ही खड़ा ये तमाशा देख रहा था। PT सर ने आव देखा न ताव, एक झन्नाटेदर तमाचा जड़ दिया। और फ़ौरन हुक्म दिया की मुझे परेड से बाहर कर दिया जाए, क्योंकि में परेड करने के लायक़ नहीं था। बहुत बुरा लगा उस दिन। इसलिए नहीं कि प्रिया देख रही थी। इसलिए कि सौरभ फिर जीत गया था।

छुट्टी तक और उसके बाद भी मैंने किसी से बात नहीं की। अपनी साइकिल उठाई स्टैंड से और एक हाथ में साइकिल पकड़े पैदल ही घर जाने लगा।

पीछे से प्रिया आई, अपनी साइकिल चलाते हुए। मेरे पास रुक गई। साइकिल से उतरकर साथ-साथ चलने लगी।

"कमाल करते हो तुम भी, नहीं हो रही थी तो छोड़ क्यों नहीं दी परेड। PT सर को तो मौक़ा चाहिए थप्पड़ मारने के लिए।" उसने चुप्पी तोड़ी।

मैंने कोई जवाब नहीं दिया। थोड़ी देर सन्नाटा रहा, वो साथ-साथ ही चलती रही।

"अच्छा लगा। तुमने हार नहीं मानी!" उसने धीरे से कहा।

फिर चुपचाप चलने लगी बग़ल में।

मैंने दाएँ हाथ से साइकिल पकड़ रखी थी, उसने बाएँ हाथ से। दोनों

पैदल चल रहे थे साइकिल के बाड़े के भीतर। सर्दी थी हलकी-सी और कुछ भटके हुए बादल भी आ गए थे शहर में उस दिन। माहौल ऐसा था कि कि बारिश हो और न भी हो।

कुछ अलग-सा एहसास भी साथ था। कुछ जीत लेने का, कुछ हासिल कर लेने का।

'इन सब चीज़ों के लिए एक थप्पड़ तो बहुत छोटी-सी क़ीमत है पगली।' मैंने सोचा।

स्कूल की परेड-3

स्कूल के दिन भी कितनी अजीब होते हैं। ज़िंदगी में एक लड़की आ जाए, तो कहाँ-कहाँ से दुश्मन पैदा हो जाते हैं कि पूछिए ही मत। प्रिया मुझसे मुस्कराकर बात करती, तो जाने कितने लड़कों के दिलों में साँप लोट जाते। मुझे उनकी आँखों में जलन साफ़ दिखाई देती थी। कई तो ऐसे थे, जो दोस्त होने का दावा भी किया करते थे, प्रिया से क़रीबी बढ़ने से पहले तक।

लड़कों की जमात से प्रिया कभी-कभी मुझे अलग बुलाकर बात करती, तो ये लोग हूटिंग शुरू कर देते। कुछ ऐसे थे जो मज़ाक़ में छेड़ते थे और कुछ सिर्फ़ छेड़ने का ढोंग करते थे। साफ़ दिखाई देता था।

ऐसे लड़के अलग-अलग क़िस्मों में पाए जाते हैं। मैंने ज़रा ध्यान लगाया तो पाया, ये कमोबेश तीन तरह के होते हैं। पहली क़िस्म वाले दुखियारे-आशिक़ मिज़ाज होते हैं, ये क्लास के कोने में पड़े आहें भरते रहते हैं। ज़्यादातर अकेले। कॉपी के गुमनाम पन्नों पर कुछ डिजाइन बनाते हैं, अपने दर्द की दास्ताँ कोड-वर्ड में लिखते हैं। और अगर जज़्बात बहुत ज़्यादा झटके दें, तो क्लास में लकड़ी की डेस्क पर कुछ नाम उकेर देते हैं। वो भी अक्सर कोड-वर्ड में। इनसे कोई ख़ास ख़तरा नहीं होता। बल्कि ऐसे लड़के आपके आत्मविश्वास के लिए काफ़ी लाभकारी हैं। आप इनको कुढ़ता हुआ देख सकते हैं, ये आपको विजेता होने का एहसास कराते रहेंगे। कमाल की बात तो ये है कि इन सारी चीज़ों का पता किसी को नहीं चलता। सिवाय आपके और उस लड़के के।

ऐसे ही कितने दिलजले थे, जो अंदर ही अंदर ग़म के समंदर में गोते लगा रहे थे। प्रिया को इनके बारे में भनक तक नहीं होगी और ये गुमनाम मजनुओं की तरह इसी उम्मीद में बैठे रहे कि कभी तो आसमान इन पर भी मेहरबान होगा। इनका दर्द भी दिखेगा ख़ुदा को, तो कोई चाहनेवाला भेज दिया जाएगा इनके लिए भी।

दूसरी क़िस्म के लड़के थोड़े सिरफिरे होते हैं। ये मौक़े ढूँढ़ते रहते हैं, आपको नीचा दिखाने के। ख़ासकर तब जब लड़की आस-पास हो। ऐसे कितने टुच्चे-छिछोरे अचानक-से पैदा हो गए थे स्कूल में। कितनी बार इन लोगों में मुझे तंग करने की कोशिश की थी, प्रिया के सामने। और हर बार चालाकी से बचा भी नहीं जा सकता। कई बार मुँह की खानी पड़ती थी और ऐसे लड़के मेरा उपहास बनाकर हँसते, अपमान करते थे। ये चीज़ें होतीं, मज़ाक की आड़ में।

ख़ैर, ऐसे लड़कों से भी आपको कोई ख़ास डरने की ज़रूरत नहीं है। ऐसे लड़के छुपकर रह ही नहीं सकते और मुझसे ज़्यादा तो प्रिया को दिख जाते थे। प्रिया इनसे बहुत नफ़रत करती थी। इन्हें लगता था कि इनकी छिछोरी हरकतें मुझे प्रिया से दूर कर देंगी और शायद इनमें से किसी के क़रीब। पर होता उल्टा था।

प्रिया कभी इन पर ग़ुस्सा दिखाती नहीं थी। पर मैं जानता हूँ, कितना चिढ़ती थी वो उन लफंगों से। मुझे अक्सर उनसे आगाह करती रहती थी। कभी-कभी तो मैं जानबूझ कर उनके जाल में फँस जाता था। प्रिया की हमदर्दी लेने के लिए।

अब आपको बताता हूँ, तीसरी क़िस्म के लड़कों के बारे में। इन लड़कों की पहुँच दूर तक होती है और आपके लिए भी बेहतर यही होता है कि आप इनकी पहुँच से दूर रहें। ये सबसे ख़तरनाक क़िस्म के लड़के होते हैं। इनके पास साधन, बल, छल और मनोबल, सब होता है। ये ख़ुद शोर नहीं करते, बाक़ी लड़के इनके बारे में शोर करते रहते हैं। इनकी तादाद ज़्यादा नहीं होती, पर ये झुंड में ही रहते हैं। इनके झुंड में मंत्री, संत्री, बिज़नेसमैन सबके बच्चे होते हैं अक्सर।

ऐसे ही एक झुंड के एक प्राणी को मेरी प्रिया से इश्क़ हो गया था और

उसने मेरा जीना हराम कर दिया था। अपनी ख़तरनाक आँखों से ऐसे घूरता था, मानो खा जाए। मुझे तो ऐसा भी लगता था कि उसे मेरे बारे में सारी बातें पता थीं। मेरी ट्यूशन जाने वाली जगह के बारे में भी पता कर लिया था उसने, मैंने एक-दो बार उसकी बाइक भी देखी थी मेरी साइकिल की बग़ल में खड़ी की हुई। मुझ पर धौंस जमाने के लिए ही खड़ी की थी उसने शायद। और वो कामयाब भी हो रहा था।

मुझे एक डर सताने लगा था, स्कूल के बाहर। और ख़ासकर स्कूल के ठीक बाहर, स्कूल के ठीक बाद। प्रिया के साथ-साथ चलने पर ये डर और बढ़ जाता था। ऐसे में मुझे अक्सर ऐसा लगता था कि कोई हमारा पीछा कर रहा हो। मैं बार-बार पीछे मुड़कर देखता रहता था और प्रिया के साथ होने की ख़ुशी नदारद थी। पर प्रिया के साथ जाना कैसे छोड़ सकता था। मर नहीं जाता मैं प्रिया के बिना।

फिर एक दिन स्कूल के एक कोने में, वो लड़का मेरे पास आया और उसने साफ़-साफ़ लफ़्ज़ों में मुझे धमकाया। मुझसे कहा गया कि मेरी सलामती इसी में थी कि मैं प्रिया से दूर रहूँ। मेरी सिट्टी-पिट्टी गुम हो गई।

किससे कहता ये बात, निखिल से? वो बेचारा क्या करता, वो इतना शरीफ़ लड़का था कि उसके बस की बात नहीं थी ये। टीचर से या मम्मी-पापा से कंप्लेन करने से कोई फ़ायदा भी नहीं था। क्या ही कर लेते वो इस गुंडे का। और कंप्लेन करने का मतलब था, श्योर-शॉट बवाल। मैं बवाल से दूर ही रहना चाहता था।

मैंने उसकी बात नज़रअंदाज़ कर दी। मैं उसी तरह ही प्रिया के साथ आना-जाना करता रहा। अपने दिल को ये कहकर समझा दिया कि जो होगा, देखा जाएगा। वैसे भी, मैं और कर ही क्या सकता था।

एक दिन प्रिया स्कूल नहीं आई, तो मैं अकेला ही साइकिल से जा रहा था। स्कूल से लौटते हुए बीच रास्ते में थोड़ी-सी शांत सड़क पड़ती थी। वहीं उसी सड़क पर कुछ लड़के बाइक में बैठे मेरा इंतज़ार कर रहे थे। मैं समझ गया, हो न हो ये उसी गुंडे की करतूत है। हर रोज़ वो ताक में रहता था। पर प्रिया के सामने कैसे दबोचता मुझे। आज जब प्रिया थी नहीं, तो उसकी गैंग के लड़के मेरा रास्ता रोके खड़े थे।

मैंने आव देखा न ताव, साइकिल उलटी घुमा ली और साइकिल के पैडल को ज़ोर-ज़ोर से मारकर भागने की कोशिश करने लगा। सिर्फ़ कुछ सेकंड्स लगे बाइक पर बैठे टपोरियों को मुझे पकड़ने में। बिना कुछ कहे, वो लोग काम में लग गए। मेरी साइकिल तोड़ दी गई। मेरे चेहरे और पेट पर घूँसों और तमाचों की बौछार कर दी गई। मैं वहीं सड़क पर पड़ गया और लड़के भाग गए।

मेरा चेहरा सूज गया था और कुछएक जगहों पर मरहम-पट्टी हुई थी, मेरी भी और मेरी प्यारी साइकिल की भी। प्रिया को भी बात पता चली। पहले ख़ूब ग़ुस्सा किया उसने उस लड़के और उसकी गैंग पर, फिर रोई थोड़ा और फिर ग़ुस्सा करते हुए ख़ूब कोसा उनको। मुझे बहुत अच्छा लगा।

उस शाम मैं घर पर ही पड़ा था, अपने कमरे के बेड पर। प्रिया मेरे कमरे में मेरी कुर्सी पर बैठी थी, मेरी तरफ़ मुँह करके। कुछ-कुछ कहते ही जा रही थी। रुक ही नहीं रही थी। जाने क्या कह रही थी, मुझे कुछ समझ नहीं आ रहा था। मैं तो बस उसे देख रहा था और अपने कमरे की रौनक़ को।

फिर उसने अपना हाथ मेरे गाल पर रख दिया।

"बहुत दर्द हो रहा है ना?" उसने पूछा।

उसके हाथ कितने नर्म थे, हलके गर्म, जैसे सर्दी में चाय की प्याली पकड़ रखी हो। और उसके आँखों के आँसू कितने पाकीज़ा थे, जैसे ओस की एक बूँद ठहर गई हो शरीफे के मखमली-पत्ते पर सुबह-सुबह।

मैंने आँखें बंद कर लीं, उस पल को जमा कर लेना चाहता था यादों के गलियारों में।

'इन सब चीज़ों के लिए तो ये बहुत छोटी-सी क़ीमत है पगली।' मैंने सोचा।

कॉरपोरेट कबूतर

सुबह-सुबह नहा-धोकर, शर्ट पैंट पहन लेते हैं, कॉरपोरेट कबूतर। फिर सड़कों पर, ट्रेनों में, बसों के अंदर-बाहर, कबूतर ही कबूतर दिखते हैं, क़तार में। दफ़्तर के सामने इकट्ठा हो जाते हैं। दूर से गुटर-गूँ, गुटर-गूँ की आवाज़ें सुनाई देती हैं। और ज़्यादा दूर से भन्न-भन्न सी आवाज़ें आतीं कुछ देर, फिर एक-एक करके सारे दड़बे में घुस जाते हैं।

अपने पिजन होल जैसे लैपटॉप के सामने बैठकर खिड़की खोल लेते और मेल-बॉक्स को ताकने लगते। फिर कई सारे परदे खोल लेते एक के ऊपर एक। किसी को मिनीमाइज़, किसी को मैक्सिमाइज़ करने में मज़ा आता है कबूतरों को।

दाना चुगने की खट-खट की आवाज़ें दिनभर आती है दड़बे से। कोई बड़ी तेज़ी में दाना चुगता है, कोई कभी क़तराते हुए धीरे-धीरे। पर ज़िंदा रहने के लिए दाना तो चुगना ही पड़ता है सबको।

साल-दर-साल चोंच मारते हुए कुछ कबूतरों की चोंच टेढ़ी हो जाती हैं। आगे से मुड़कर एक हुकनुमा आकार ले लेती हैं। चील की चोंच जैसे। हर साल इनकी चोंच नापी जाती है। पूरे पके चीलों को बॉस बना दिया जाता है। ये अब दाना नहीं चुगते, दूसरे कबूतरों का शिकार करते हैं।

जिस तरह हर साइज के कबूतर मिल जाते हैं उड़ते हुए, दाना चुगते हुए। हर साइज की चीलें भी मिल जाती हैं, चीज़ों को अलग-अलग ऊंचाइयों से देखने के लिए।

सारे कबूतर दिल में ये अरमान लिए उड़ते रहते हैं क़तारबंद कि एक न एक दिन चोंच लटकाए, वो भी किसी न किसी साइज़ की चील बन जाएँगे।

इन कबूतरों और चीलों के बीच आज एक परिंदा दिखा, न तो वो कबूतर की तरह झुंड में जा रहा था, न ही चील बनने की लालसा थी। बड़ा अजीब परिंदा था, बिना शोर किए उड़ता, बिना शोर किए चुगता। कई कबूतरों ने तो रात में समंदर किनारे भी मोतियों को चुगते देखा है उसे।

''कैसा परिंदा है, रात में भी चुगता है, दिन में भी। और तो और, कुछ भी चुग लेता है भाई!''

''मोतियों को निकालने के लिए तो गोता लगाना होता होगा समंदर में?''

''उड़ने वाला परिंदा है या गोते लगाने वाला? बड़ा अजीब है ये!''

''हमारी बिरादरी का तो नहीं लगता है। कैसे-कैसे लोग आ जाते हैं दड़बे में।''

''इसे कोई बीमारी हुई तो बीमार कर देगा सबको।''

परिंदे के पर कुछ कुतर दिए गए फिर। कुछ ज़्यादा दाने भी डाल दिए गए उसके सामने। दानों से पेट इतना भर जाता कि रात मोतियों की तलब होनी बंद होने लगी।

''बीमार परिंदा ठीक होने लगा था।''

उस शाम समंदर किनारे, जब सूरज डूबा समंदर में, मानो गोते की ताक में था वो परिंदा। सूरज को चुग लिया हो उसने जैसे।

गोता खाकर जब बाहर निकला, तो अगली सुबह सबने देखा कि एक और कॉरपोरेट कबूतर उड़ रहा था आसमान में।

शिवम्

गुलज़ार अली नाम था उसका। उत्तर प्रदेश के एक छोटे-से शहर का एक दुबला-पतला लड़का। छरहरा बदन और तितलियों-सी ज़िंदगी थी उसकी। चैन नहीं था एक पल भी कभी। पारे की तरह थिरकता रहता था दिनभर। अम्मी के कहने पर कभी बाज़ार से सौदा ले आता, कभी मदरसे से लौटते हुए चौराहे के भिखारी को अपने छोटे-से थरमस से पानी पिलाता। कभी लोगों की भीड़ में गोता खाकर यहाँ गुम हो जाता और जाने कहाँ निकलता। हलके सूती का कुर्ता-पाजामा पहने, अपने अब्बू की दुकान में सुस्ता लेता कभी। अब्बू ने अभी हाल में ही दुकान में कूलर लगवाया था। उसकी ठंडी हवा में गुलज़ार का सारा पसीना सूख जाया करता।

मोहल्ले की बग़ल में ही शहर का रेलवे स्टेशन था, दो प्लेटफॉर्म थे और एक-आध ट्रेनें भी रुक जाया करती थीं। हर रोज़ मदरसा जाने के लिए गुलज़ार को स्टेशन के उस पार जाना पड़ता था। प्लेटफॉर्म के दोनों सिरे पर लोहे के दो पुराने पुल थे। चलने पर हलके हिलते और दबी ज़बान में चूँ-चूँ भी करते थे। सठियाए बुड्ढे की तरह खार खाए बैठे थे या ज़ंग खाए, गुलज़ार ठीक ठीक समझ नहीं पाया कभी।

पटरियों से सटकर ही मुसलमानों का क़ब्रिस्तान था। हज़ारों लोग गहरी नींद में लेटे थे। गुलज़ार के दादा को जब दफ़नाया गया था पिछले बरस, गुलज़ार बहुत रोया। कभी-कभी थके हारे, दादा की कब्र के पास लेट जाता था गुलज़ार। पीपल का एक पेड़ दादाजी के सिरहाने में खड़ा-खड़ा, दादा-पोता

को धूप-बारिश से बचाता था।

एक सफ़ेद-सी टोपी पहने, एक हाथ में किताबें पकड़े, एक को हवाओं में लहराता, दौड़ाता था पुल पर गुलज़ार। सबका चहेता था बस्ती में। मदरसे के उस्ताद भी गुलज़ार को बेहद मानते थे।

"माँ-बाप ने अच्छी तरबियत दी है उसे," एक उस्ताद ने कहा, "वरना आजकल के बच्चे तो खुली टोकरी के तीतर हैं, हाथ ही नहीं आते।"

मदरसे में सख़्त क़वायद थी, बच्चों को ताकीद की गई थी कि वे हर सुबह वक़्त पर आएँ वरना सज़ा के लिए तैयार हो कर आएँ। ठीक ऐसा ही कुछ होता अगर पढ़ाई-लिखाई में कोताही पकड़ी जाती तो। गुलज़ार सारे सब्जेक्ट्स में अच्छा था। नेक बच्चा, पढ़ाई में मन लगाए तो उस्ताद को और क्या चाहिए। मैथमेटिक्स के उस्ताद तो उस पर जान छिड़कते थे। एक बार तो जब गुलज़ार बीमार था और स्कूल नहीं आ सका, तो वे ख़ुद गुलज़ार के घर गए उससे मिलने। मदरसे के दूसरे बच्चे जल-भुन गए, पर इससे न गुलज़ार को कोई फ़र्क़ पड़ा न ही उसके प्यारे उस्ताद को।

आज उस्ताद कुछ परेशान-से थे। उन्होंने गुलज़ार को बुलाया और कहा कि मदरसे से छुट्टी के बाद गुलज़ार उन्हें साथ अपने घर ले जाए। कुछ ज़रूरी बात थी, जो वो गुलज़ार के अब्बू से करना चाहते थे।

छुट्टी के बाद दोनों पैदल गुलज़ार के घर के तरफ़ चलने लगे। रास्ते में क़ब्रिस्तान के दरवाज़े पर उस्ताद रुक गए। उन्होंने दो मिनट क़ब्रिस्तान के लोगों के लिए दुआ माँगी और फिर ख़ामोशी से चलने लगे, गुलज़ार के घर की तरफ़। गुलज़ार साथ-साथ ही चल रहा था।

"कोई मुर्दों के लिए भी दुआ माँगता है कहीं?" उस्ताद की ये अदा उसे अंदर तक छू गई थी।

चलते-चलते दोनों बाज़ार से गुज़रने लगे। बहुत भीड़ थी, चीज़ों से ज़्यादा तो लोग थे वहाँ। ज़्यादातर टोपी लगाए हुए। दूर से पता चल जाता है उनके मज़हब के बारे में। गुलज़ार भी तो टोपी पहनता है, बड़े अदब से। टोपी लगाकर कोई गाली देता या बुरे काम करता दिख जाता तो गुलज़ार को बुरा लगता, पर वो किसी से कुछ नहीं कहता, चुपचाप निकल जाया करता वहाँ से। अभी छोटा-सा ही तो है, किसी ने थप्पड़ रसीद कर दिया तो वो क्या

करेगा। अल्लाह मियाँ के इंसाफ़ पर उसको भरोसा तो था। पर थप्पड़ खा लेने के बाद काहे का इंसाफ़।

भीड़ में बढ़ते हुए दोनों बड़ी धीमी रफ़्तार से घर तक पहुँच पाए। पहुँचते-पहुँचते मग़रिब का वक़्त हो गया।

''मैं जब दौड़ते हुए आता हूँ, तो मग़रिब से काफ़ी पहले ही पहुँच जाता हूँ,'' गुलज़ार ने सोचा।

घर के दरवाज़े पर ही अब्बू मिल गए, वो मस्ज़िद जा रहे थे मग़रिब की नमाज़ पढ़ने के लिए। जल्दी में थे, उस्ताद को सलाम किया और पूछ लिया, ''मस्ज़िद चलेंगे? मग़रिब का वक़्त निकल रहा है।'' उस्ताद मान गए। अब्बू ने जाते हुए गुलज़ार को हिदायत दी, ''मस्ज़िद में जाया करो। नमाज़ पढ़ा करो। अब तुम बच्चे नहीं रहे।'' गुलज़ार ''जी'' से ज़्यादा कुछ नहीं कह पाया। वो दोनों मस्ज़िद चले गए और गुलज़ार आवाज़ लगाते घर में दाख़िल हुआ, ''अम्मी, मैं आ गया। शाम की चाय?''

चाय पी और दौड़कर छत पर चढ़ गया, अपने पालतू कबूतरों को दाना खिलाने। उसने देखा कि छत के कोने पर एक बकरा बँधा था। चपर-चपर पत्तियाँ चबा रहा था। उसने भरे मुँह से कोताही से ''में..'' किया और फिर पत्तियाँ चबाने लगा। ''बकरीद के लिए लाए होंगे अब्बू'' गुलज़ार ने सोचा। पिछले साल भी यही हुआ था। गुलज़ार उठा और बकरे के पास गया। उसकी गर्दन को सहलाया। यक़ीनन बकरे को अच्छा लगा, ''में..'' में कोताही कम थी। गुलज़ार को भी अच्छा लगा। अफ़सोस भी बहुत हुआ, कुछ दिन के मेहमान को देखकर।

पिछले साल कैसे दहाड़ें मारकर रोया था गुलज़ार, जब अब्बू ने ''ख़ैरू'' की क़ुर्बानी दी थी। सबसे प्यारा बकरा था वो। गुलज़ार की आँखों को पढ़ लेता था और गुलज़ार उसकी आँखों को।

''खट-खट-खट...'' चौखट से आवाज़ आई। गुलज़ार ने छत से झाँककर देखा। ''अब्बू ने शायद उस्ताद को रात के खाने पर दावत दे दी है।'' माँ ने दरवाज़ा खोला, दोनों अंदर दाख़िल हुए।

खाना बीच वाले कमरे में लगा था, दस्तरख़्वान भर दी थी माँ ने। ''मेहमान के आने से ही बरकत होती है घर में,'' माँ कहती थी गुलज़ार से

अक्सर। घर के सारे मर्द दस्तरख़्वान पर दोनों तरफ़ बैठ गए और बिस्मिल्लाह किया। गुलज़ार वाली बात शायद उस्ताद अब्बू से कर चुके थे, इसलिए दोनों सियासत और तमाम ख़बरों के बारे में बात करते रहे, फिर शांत हो गए। खाने के बाद अब्बू ने बताया कि वह उस्ताद जी की बातों से सहमत थे कि आगे की पढ़ाई के लिए गुलज़ार को कॉन्वेंट स्कूल में जाना चाहिए, जहाँ वो साइंस, मैथमेटिक्स, अँग्रेज़ी और दूसरे सब्जेक्ट्स पढ़ सके। नई दुनिया के लिए तैयार हो सके।

गुलज़ार इंग्लिश स्कूल जाने के ख़बर से बहुत ख़ुश था, पर चुप रहा। उसने अपने उस्ताद को देखा, उस्ताद की मुस्कराहट में एक ठंडक थी। दोपहर में पीपल वाली ठंडक।

''धाम, धड़ाम'' शोर हुआ तभी। पड़ोस के बच्चे पाकिस्तान के क्रिकेट मैच जीत जाने पर पटाख़े फोड़ रहे थे। अब्बू ने पटाख़ों की आवाज़ अनसुनी कर दी। पर उस्ताद को ये बात बड़ी अटपटी-सी लगी।

''अपने मुल्क के हारने पर पटाख़े? कैसे?'' उस्ताद ने धीमे से कहा।

''बड़ा पेचीदा मामला है, जाने दीजिए।'' अब्बू ने बात नज़रअंदाज़ करने को कहा।

पर उस्ताद दस्तरख़्वान से उठ चुके थे। खाना आधा ही खाया था और हाथ धोने चले गए। दरवाज़ा खोला और सामने की गली में खड़े हो गए, वहीं जहाँ बच्चे पटाख़े फोड़ रहे थे। उस्ताद अब भी शांत लग रहे थे।

''लड़को, मेरे पास आओ, मुझे बात करनी है तुमसे।'' उन्होंने आवाज़ लगाई। गुलज़ार और अब्बू ड्योढ़ी पर खड़े देख रहे थे।

''बेटे,'' उन्होंने लड़कों के सरदार से कहा, ''ये सही नहीं है। तुम्हारी हरकत लोगों को वजह देगी तुम्हारी वफ़ादारी पर उँगली उठाने के लिए। और ये ग़द्दारी है भी। ख़ुदा के लिए रुक जाओ और अपने घर जाओ।''

आगे कहा, ''और पटाख़े चलाना जब हमारा मुल्क जीते।''

लड़के को इस बात से कोई फ़र्क़ नहीं पड़ा, ''आपको इतनी फ़िक्र क्यों हो रही है? वो तो ख़ुद ही हमें हिंदुस्तानी नहीं समझते।''

उसकी बात में कुछ ज़हर था, कुछ दर्द। कुछ हुआ होगा उसके साथ कभी। सभी के साथ कुछ न कुछ तो होता ही है।

उस्ताद ने उसकी आँखों में इस बात को पढ़ लिया शायद। "बेटे, तुम्हारे साथ जो कुछ हुआ हो, हो सकता है ग़लत हुआ हो। पर जो तुम कर रहे हो अभी, सरासर ग़लत है।" उन्होंने कहा।

"हुँह, जनाब, मैं पाकिस्तानी हूँ। हमलावरों की नस्ल। मैंने इस देश को दिया ही क्या है। ख़ून और दर्द। हमें तो बँटवारे के वक़्त ही चले जाना था। वरना वो तो हर रोज़ दावा करते ही हैं। हम तो गाजर-मूली हैं न!" उसकी बातों में ग़ुस्सा था और जहालत भी।

"बेटे, डर में मत जियो, ये तुम्हारा भी मुल्क है और तुम इसके उतने ही हो, जितना कि ये तुम्हारा।" उस्ताद ने बड़ी संजीदगी से कहा। "रुक जाओ और घर जाओ!" उस्ताद के शब्दों में एक गहरी पकड़ थी। एक हुक्म।

लड़का बुदबुदाया, "पर मैं पाकिस्तानी..."

"नहीं, तुम नहीं हो।" उस्ताद की बात में ग़ज़ब का भरोसा था।

गुलज़ार को ताज्जुब हुआ, लड़कों ने उस्ताद की बात वैसे ही मान ली, जैसे बच्चे मदरसे में मान लेते थे।

उस्ताद मुड़े और मुस्कराए, "चलिए, खाना ख़त्म करते हैं।"

अब्बू ने कुछ नहीं कहा। सिर्फ़ इज़्ज़त में सर हिलाया, "जी।"

अगली सुबह अब्बू गुलज़ार को कॉन्वेंट स्कूल ले गए और एडमिशन करा आए। गुलज़ार स्कूल अब टोपी पहनकर नहीं जाता था। पर सुबह की असेंबली में वही दुआएँ पढ़ता था, इंग्लिश में। शर्ट-पैंट ने कुर्ते-पाजामे की जगह ले ली थी। एक छोटी-सी टाई गर्दन पर डोलती ये बताती कि गुलज़ार ख़ुशी से झूम रहा था। सारे धर्मों के बच्चे थे वहाँ और सबसे प्यारा था शिवम्, उसका डेस्क-पार्टनर।

मासूम-सा, मुस्काता चेहरा तो था ही गुलज़ार का, कई दोस्त तो पलक झपकते ही बन गए।

शायद सब को मुस्कराते चहरे पसंद नहीं होते। उस दिन एक हट्टा-कट्टा लड़का गुलज़ार के पास आया,

"गुलज़ार? मुसलमान हो? हुँह, मेरे पिताजी कहते हैं, तुम लोग यहाँ के नहीं हो। तुम लोग किसी के दोस्त नहीं हो।"

शिवम् अपना आपा खो चुका था अब तक। चिढ़कर कहा उसने, "गुलज़ार

इसकी बात मत सुनो, ये पागल है।''

वो उस हट्टे-कट्टे लड़के की तरफ़ पलटा और बोला, ''गुलज़ार को सॉरी बोलो। अभी!''

''मैं क्यों सॉरी बोलूँ? मैंने तो सच कहा है। इन लोगों को अपनी वफ़ादारी साबित करनी होगी।'' उसने कहा, ''शिवम्, कहो इसको कि अपने देश के लिए अपनी उँगली काट के दिखाए। दो बूँद ख़ून गिराए।''

मामला तूल पकड़ रहा था और गुलज़ार शांत था। उसे समझ में नहीं आ रहा था कि क्या करे।

शिवम् ने माहौल को संभाला, ''तो तुम ही क्यों नहीं काटते अपनी उँगली पहले। अगर तुम हिंदुस्तानी हो तो।''

शिवम् ने सोचा, लड़का डर जाएगा और बात रफ़ा-दफ़ा हो जाएगी।

सारी क्लास इस बात को देख रही थी और शिवम् के चैलेंज से बात लड़के की इज़्ज़त पर आ गई।

''ओके, ठीक है फिर'' उस लड़के ने पेंसिल बॉक्स से एक पुरानी ब्लेड निकाली। ब्लेड की धार वाली सतह से उसने अपनी उँगली घिसी। कोई ख़ून नहीं। उसने ज़ोर लगाया। टप-टप, दो बूँद ख़ून डेस्क पर गिरा।

क्लास में मातम पसर गया, अब बेचारे नए लड़के को उँगली काटनी होगी, बेवजह। पर कोई करे भी तो क्या।

''ये लो, तुम्हारी बारी,'' उसने शान से ब्लेड गुलज़ार की तरफ़ बढ़ाया। गुलज़ार ने ब्लेड ले ली। पूरी क्लास सन्न थी। हर कोई चाह रहा था कि गुलज़ार को रोक ले। ''ये तो पागलपन है। किसी पागल को अगर अपनी उँगली काटने की पड़ी है, तो क्या सब काटेंगे।'' सबने सोचा। पर हिम्मत किसी में नहीं हुई।

''रुको!'' शिवम् ने कहा और ब्लेड गुलज़ार के हाथ से छीन ली।

''गुलज़ार को ऐसा करने की कोई ज़रूरत नहीं।'' शिवम् ने चेताया।

''क्यों?'' लड़के ने पूछा।

''गुलज़ार ऐसा नहीं करेगा।''

''क्यों नहीं करेगा?'' लड़का चिल्ला गया।

''क्योंकि वो पाकिस्तानी है न। ख़ुश?'' शिवम् की दहाड़ ने उसका मुँह

बंद कर दिया।

लड़का न कुछ सोच पाया, न कुछ कह पाया। चला गया बड़बड़ाते हुए।

शिवम् ने गुलज़ार के कंधे पर यारों वाला हाथ रखा और कहा, "गुलज़ार, मेरे भाई, ऐसी बातों को सुना मत कर। कुछ सोचा भी मत कर। सिर्फ़ नज़रअंदाज़ कर दिया कर।"

गुलज़ार मुस्कराया।

आज़ाद पागल

बचपन से ही उसे दौरे आते थे। पर कभी ऐसी-ऐसी बातें कर देता कि अच्छे-अच्छे बुद्धिमान चकरा जाएँ। स्कूल के दिनों में मैथमेटिक्स में ग़ज़ब की पकड़ थी उसकी। फिर धीरे-धीरे आगे की क्लासेज में इतिहास भा गया उसे। पागलपन के दौरे भी बदस्तूर जारी रहे। एक-आध बार तो परिवारवालों ने पागलख़ाने के चक्कर भी लगाए सिद्धार्थ को लेकर। दवा से ठीक हो जाता, फिर कुछ दिनों बाद वही पागलपन के दौरे। ऐसी-ऐसी बातें करता, जो किसी के पल्ले नहीं पड़तीं। लोग उसे 'पगला सिद्धार्थ' कहने लगे थे। उसकी उम्र के बच्चे तरह-तरह की चीज़ों की ज़िद करते, पर सिद्धार्थ उन सबसे अगल था। उसे कुछ नहीं चाहिए होता था। माँ कई बार कुछ खिलौने-मिठाइयाँ ले आती, सिद्धार्थ को कुछ फ़र्क़ नहीं पड़ता कभी। वो मज़े से इतिहास की किताबें पढ़ता और कुछ बातें बड़बड़ाता, ख़ुद ही से। कभी-कभी मेज़ पर खड़े होकर भाषण देता और बालकनी से 'इंक़लाब ज़िंदाबाद' के नारे लगाता। उसने अपना नया नाम भी रख लिया था, 'आज़ाद'।

अब स्कूलवालों ने भी हाथ खड़े कर दिए थे। 'पढ़ाई में तेज़ ज़ेहन का होना एक बात है और परीक्षा में मार्क्स लाना एक बात। भई, परीक्षा में कॉपी कोरी छोड़ेगा तो अगली क्लास में कैसे जाएगा। और कब तक एक ही क्लास में रहेगा।' स्कूल की छोटी चारदिवारी में उसकी सोच समा नहीं पाती तो दीवार फाँद के दरिया किनारे निकल जाता। हारकर स्कूल वालों ने रजिस्टर से उसका नाम काट दिया।

सिद्धार्थ अब दिनभर घर पर ही रहता है। माँ बड़े लाड़ से रखती अपने राजा बेटे को। पर हालात बद से बदतर होते चले गए। अपनी ऊलजुलूल हरकतों के बीच सिद्धार्थ का भी अब ज़्यादा वक़्त लिटरेचर पढ़ने में बीतने लगा। अब भी ऐसी-ऐसी बातें कर देता कि लोग ताज्जुब कर जाते, 'यही पगला सिद्धार्थ है?'

माँ को तो यक़ीन था कि उसका बेटा पागल नहीं है। पर यक़ीन अपनी जगह है और बच्चे की सेहत अपनी जगह। डॉक्टरों का आना बढ़ गया और माँ की सिद्धार्थ को पागलख़ाने ले जाने की क़वायद भी। दोनों की ज़िंदगी में अब ये रुटीन की तरह हो गया था।

इस बार जब माँ सिद्धार्थ को लेकर पागलख़ाने गई तो डॉक्टर ने कहा, "मरीज़ की भलाई इसी में है कि उसे एडमिट करा दिया जाए। कुछ दिनों में डिस्चार्ज कर देंगे।" दिल पर पत्थर रखकर, माँ ने वैसा ही किया। जाते वक़्त लोगो ने देखा कि सिद्धार्थ के हाथों में कुछ किताबें थीं। आजकल धर्म और अध्यात्म भी पढ़ने लगा था वो।

पागलख़ाने में बग़ल वाला पलंग कल्लन बाबा का था। बीवी के गुज़र जाने के बाद, बहू-बेटे ने घर से निकाल दिया और कल्लन मियाँ सठिया गए। दिमाग़ की नसें बौखला गईं और वो पगला गए।

पास ही में चंद्रप्रकाश का पलंग था। आईआईटी की तैयारी करते-करते पागल हो गया था। और वो, पन्ना, कमला के इश्क़ में पगला गया, "कमला तो अब दो बच्चों की माँ है।" बस यही बड़बड़ाता रहता कोने में पड़े-पड़े। ज़्यादातर लोग ऐसे ही थे, दुनिया में कुछ खो दिया या कुछ चाहा और न मिला, तो पागल हो लिए। जैसे पागल होना सबसे आसान काम हो। बस, सिद्धार्थ अलग था। न वो जन्म से पूरा पागल था, न किसी चीज़ की लालसा में पागल हुआ था। मस्त था बस। 'ज़्यादा फ़र्क़ नहीं है, अंदर के पागलों में और बाहर के पागलों में।' सोचा उसने।

पुराने पागलों ने नए पागल को घेर लिया, जैसे चिड़ियाघर में बच्चे भालू के पिंजरे को घेर लेते हैं। अस्पताल के स्टाफ थे, तो सबने दूरी बनाई रखी, पर एक टकटकी लिए सबकी आँखें सिद्धार्थ को देख रही थीं। सिद्धार्थ शांति से अपने कोने में बैठ गया, एक नज़र सबको देखा और फिर किताब उलटने

लगा।

ये वार्ड सिद्धार्थ जैसे ही कम-पागल लोगों के लिए था। मानो इस वार्ड में उम्मीद बनी रहती हो कि पागल आदमी एक दिन आदमी बन जाएगा। माँ को भी उम्मीद थी। अगले ही दिन फिर आई सिद्धार्थ से मिलने। हँस-बोल कर रोई और चली गई। सिद्धार्थ किताबों में उलझ गया फिर।

सिद्धार्थ अपने पलंग पर बैठा किताबें पढ़ रहा था। स्टाफ ने देखा और बग़ल वाले स्टाफ से कहा, ''लगता है आज सारी किताबें फाड़ देगा, हर दिन कुछ फटे पन्ने साफ़ करता हूँ इसके कोने से। पहला पागल देखा है जो किताबों से खेलता है।'' दूसरे वाले ने नक़ली खीं-खीं कर हँस दिया। उसे पता नहीं पागल कैसे पढ़ते हैं। आम आदमियों के वर्क पलटने का एक ढर्रा बँधा होता है, वैसे ही जैसे हर चीज़ का एक ढर्रा बना लिया है, आदम सभयता ने। कोई भी कुछ अलग करे, तो पागल हो जाता है। उन्हें तो यही लगेगा न कि सिद्धार्थ किताबों से खेल रहा है और उन्हें फाड़ देगा खेलते-खेलते।

कल्लन मियाँ सिद्धार्थ के पास गए और बैठ गए। सिद्धार्थ ने उन्हें देखा और फिर किताब पढ़ने लगा। कल्लन भी बैठे रहे वहीं। थोड़ी देर बाद सिद्धार्थ ने बिना उन्हें देखे कहा, ''दुनिया मायाजाल है और तेरे रिश्ते जाल के धागे। धागे खोल तो मन की गाँठ भी खुल जाएगी। तू आज़ाद हो जाएगा।''

कल्लन की जैसे आँखें चमक उठीं। जादू था सिद्धार्थ की बातों में। कल्लन उठकर अपने कोने में चले गए। आज अलग-सा बर्ताव कर रहे थे वो पूरे पागलख़ाने में। उस रात पागलों ने अपनी भाषा में कुछ गुफ़्तगू की होगी, सुबह से सिद्धार्थ का नाम 'आज़ाद' हो गया।

ऐसे ही दिन बीतते जा रहे थे और सिद्धार्थ डिस्चार्ज हो नहीं पा रहा था। डॉक्टरों ने माँ को बताया कि कुछ टेस्ट कराए और नतीजे काफ़ी अच्छे नहीं थे। सिद्धार्थ के दिमाग़ का एक हिस्सा बढ़ता ही जा रहा था। उसकी खोपड़ी में इतनी जगह नहीं थी कि उसके दिमाग़ को ज़्यादा दिन संभाल पाए। सिद्धार्थ का दिमाग़ बढ़ रहा था और वो मर रहा था।

''एक ऑपरेशन से ठीक हो सकता है वो। पर जोख़िम बहुत है। आप कहें तो हम तैयारी करें? अभी इनीशियल स्टेज है। ज़्यादा देर नहीं हुई है। इसी अस्पताल से जुड़े, काफ़ी नामचीन न्यूरो सर्जन हैं मेरे दोस्त। बात करता

हूँ उनसे। हाँ, पर चूँकि मामला दिमाग़ का है। जोख़िम तो है।'' डॉक्टर ने कहा।

सिद्धार्थ को अलग वार्ड में शिफ़्ट कर दिया गया। वो वहीं बैठ काग़ज़ पर कुछ लिखता, कुछ किताबें पढ़ता।

जैसे-जैसे ऑपरेशन का दिन नज़दीक आता, माँ की प्रार्थनाएँ और पूजा-पाठ बढ़ते जाते। घर पर, सिद्धार्थ के कमरे में घंटों बिताती थी माँ। उसकी चीज़ों को उलट-पुलट कर देखती। उसके पुराने स्कूल बैग को खोला तो एक एग्ज़ाम की आन्सर शीट मिली। पहले दो पन्नों में क़लम से उसने आड़ी-तिरछी लकीरें बना रखी थीं। पागलों की तरह।

अंदर के एक पन्ने पर लिखा था,

'मैं और आप एक जैसे ही थे, दोनों एक-दूसरे को पागल समझते थे। पागलपन तो है, क्योंकि मैंने उन चीज़ों का माखौल बनाया जिन पर दुनिया पागल है।

पर अब मैं आप जैसा नहीं रहा। आप अब भी पागल हो। और मैं आज़ाद। मरने वाले स्वर्ग जाते हैं, पागलख़ाना तो बस यहीं है।

हा-हा-हा-हा।

आप अब भी पागल हो।

और मैं आज़ाद।'